7 MELHORES CONTOS DE HUMBERTO DE CAMPOS

Tacet Books

7 melhores contos de Humberto de Campos

Editado por
August Nemo

EDITOR August Nemo
CAPA E PROJETO GRÁFICO Mayra Falcini
MARKETING Horacio Corral

Dados Internacionais de Catalogação na Publicação (CIP)

Campos, Humberto de.
C198 7 melhores contos de Humberto de Campos / Humberto de Campos – São Paulo, SP: Tacet Books, 2021.
86 p. : 14 x 21 cm

ISBN 978-65-89575-12-2

1. Literatura brasileira.

CDD 869

Tacet Books
Feito em silêncio
Para mentes barulhentas

www.tacetbooks.com
tacet.books@gmail.com

Sumário

O Autor

De origem humilde, era filho de Joaquim Gomes de Farias Veras e Ana de Campos Veras. Nasceu no então município maranhense de Miritiba (hoje batizado com o seu nome). Com a morte do pai, aos seis anos, mudou-se para São Luís, onde começou a trabalhar no comércio local para auxiliar na subsistência da família. Aos dezessete muda-se, novamente, para o Pará, onde começa a exercer atividade jornalística na Folha do Norte e n'A Província do Pará.

Em 1910, quando contava 24 anos, publica seu primeiro livro de versos, intitulado "Poeira" (1.ª série), que lhe dá razoável reconhecimento. Dois anos depois, muda-se para o Rio de Janeiro, onde prossegue sua carreira jornalística e passa a ganhar destaque no meio literário da Capital Federal, angariando a amizade de escritores como Coelho Neto, Emílio de Menezes e Olavo Bilac. Começa a trabalhar no jornal "O Imparcial", ao lado de figuras ilustres como Rui Barbosa, José Veríssimo, Vicente de Carvalho e João Ribeiro. Torna-se cada vez mais conhecido em âmbito nacional por suas crônicas, publicadas em diversos jornais do Rio de Janeiro, São Paulo e outras capitais brasileiras, inclusive sob o pseudônimo "Conselheiro XX".

Quando menino, sua família tinha casa em Parnaíba, no Piauí, lá, em 1896, ele plantou uma árvore hoje conhecida como o Cajueiro de Humberto de Campos. Anos depois, o cajueiro foi mencionado em uma de suas obras: "Faço com as mãos uma pequena cova, enterro aí o projeto de árvore, cerco-o de pedaços de tijolos. Rego-o. Protejo-o". Atualmente o cajueiro é um espaço memorial que tem placas com versos de Humberto de Campos e um monumento em bronze com a efígie do poeta e está protegido por lei municipal do patrimônio histórico e cultural.

Em 1919 ingressa na Academia Brasileira de Letras, sucedendo Emílio de Menezes na cadeira n.ſh 20. Um ano depois ingressa na política, elegendo-se deputado federal pelo seu Estado natal, tendo seus mandatos sucessivamente renovados até a eclosão da Revolução de 1930, quando é cassado. Após passar por um período de dificuldades financeiras, é nomeado, graças à admiração que lhe votavam figuras de destaque do Governo Provisório, Inspetor de Ensino no Rio de Janeiro e, posteriormente, diretor da Fundação Casa de Rui Barbosa.

Em 1933, com a saúde já debilitada, Humberto de Campos publicou suas Memórias (1886-1900), na qual descreve suas lembranças dos tempos da infância e juventude. A obra obteve imediato sucesso de público e de crítica, sendo objeto de sucessivas edições nas décadas seguintes. Uma segunda parte da obra estava sendo escrita por Humberto de Campos quando de seu falecimento, vindo à lume postumamente sob o título de Memórias Inacabadas.

Após vários anos de enfermidade, que lhe provocou a perda quase total da visão e graves problemas no sistema urinário, Humberto de Campos faleceu no Rio de Janeiro, em 5 de dezembro de 1934, aos 48 anos, em virtude de uma síncope ocorrida durante uma cirurgia. Deixou viúva, D. Catharina Virgolina de Campos e três filhos, Henrique, Humberto e Maria de Lourdes.

Tendo Humberto de Campos falecido no auge de sua popularidade, diversas coletâneas de crônicas, anedotas, contos e reminiscências de sua autoria foram publicados nos anos seguintes a sua morte, época em que também vieram a lume diversos livros supostamente escritos pelo espírito do escritor, por meio da psicografia do médium Chico Xavier. Os familiares de Humberto de Campos processaram judicialmente este último, alegando a ausência de pagamento de direitos autorais. A demanda, que provocou grande polêmica na época, foi julgada improcedente.

Em 1950, nova polêmica: o Diário Secreto mantido pelo autor em alguns períodos da década de 1910 e com assiduidade de 1928 até sua morte é divulgado pela revista O Cruzeiro, cujos editores o publicam em livro em 1954. A publicação causou escândalo à época de sua publicação em razão de diversos registros e impressões pessoais feitos por Humberto de Campos a respeito de pessoas de grande notoriedade nas letras, política e sociedade de sua época, incluindo Machado de Assis, Getúlio Vargas, Olavo Bilac, e outros.

Sucessivas edições das Obras Completas de Humberto de Campos foram publicadas por diversas editoras até 1983.

As constantes preocupações de ordem financeira, as quais o obrigavam a redigir diariamente crônicas, contos e artigos de crítica literária a fim de garantir sua subsistência, bem como os prolongados problemas de saúde que resultaram em uma morte prematura, impediram Humberto de Campos de se debruçar sobre projetos literários de maior envergadura, razão pela qual parcela substancial de sua bibliografia é constituída de coletâneas de seus escritos, os quais constituem útil instrumento para a análise da vida cotidiana e literária dos anos 1910, 1920 e 1930 no Brasil. A temporalidade que caracteriza essa parcela substancial de sua bibliografia parece ser a principal razão para o pouco interesse que atualmente o seu nome desperta entre os leitores e no meio acadêmico.

Discurso de posse na Academia Brasileira de Letras

Senhor Presidente,
Senhores Acadêmicos,

Referem as crônicas do reinado de Luís XI que Nicolau Paulino, cancelário de Borgonha, após uma avaliação consciencioza dos seus haveres em prata, e ouro, e terras, deliberou instituir um hospital para os pobres. Informado desta resolução, o soberano, que o sabia impenitente na cobrança dos impostos, na perseguição aos devedores mais humildes, aos foreiros mais necessitados, comentou cristãmente:

- É justo que, quem fez muitos pobres, edifique uma casa, para os amparar e recolher.

A vossa Academia foi, - consenti que vo-lo diga, - o meu cancelário de Borgonha. Oriundo de uma família de comerciantes, aos quais a fortuna tem sido propícia, eu me desgarrei do meu rebanho no crepúsculo matutino da vida, à passagem de um dos vossos pastores. Foi há vinte anos, quando o vosso confrade Sr. Coelho Neto andou, como Francisco Xavier nas Índias, a espalhar, entre bárbaros, a árvore da Beleza imperecível, com a semente de ouro do seu verbo. À passagem do taumaturgo, agrupavam-se os discípulos, revelavam-se os apóstolos, surgiam os iniciados. As marcas das suas sandálias eram novos canteiros no areial. As dunas do Ceará, o sertão maranhense, a floresta amazônica deficientemente desbravada, ouvindo o seu Evangelho, palpitaram, prevendo o prodígio. Do ventre do Saara saía um mundo novo. Era o milagre da Palavra fecundando o Deserto.

Ao barulho das multidões que o seguiam, vitoriando-o, aclamando-o, eu me ergui, de longe, nas pontas dos pés, para ver-lhe a passagem. Não o vi. Beijei, porém, a areia do seu caminho e não me saiu mais do pensamento infantil o rumoroso espetáculo da sua glória.

Aos dezesseis anos, tomando, por intuição, o meu bordão de solitário, saí a percorrer, como os monges infantes, os lugares que ele santificara com a sua peregrinação. Florestas, praias, cidades, sertões, eu tudo visitei, acompanhando na terra úmida, sempre veneradas, as suas pegadas indeléveis. Andei. Vaguei. Peregrinei. E vim, perdido nos Alpes, bater à porta do vosso mosteiro de São Bernardo. Era meu direito procurá-la. Era vosso dever, e da vossa piedade, abri-la. Fizestes de mim, pelo prestígio de um dos vossos companheiros, um sonhador, um egresso da fortuna, um rebelde às vantagens da vida utilitária. E manda o Código do Trabalho, em artigo generoso, que o operário seja amparado, na sua desgraça, pelo capitalista que o inutilizou.

A Cadeira que me designastes está, ainda, entre dois esquifes, que reclamam, no vosso templo, a minha oração: Emílio de Menezes, a quem me destes por sucessor; e Salvador de Mendonça, a quem me prestarei, oportunamente, e mais longamente, o culto da minha saudade.

Seria inexplicável, entretanto, que eu, de passagem, não deixasse uma flor, sequer, a quem penetrou a vida entre espinhos, e dela saiu entre rosas.

Salvador de Mendonça avulta, ainda agora, na minha imaginação, com a suave poesia de certas legendas medievais. Uma tarde, há sete anos, retirava-me eu de uma redação de jornal, quando cruzei, na escada, com um ancião de rosto erguido e olhos vidrados, que subia, com a mão esquerda sobre o ombro de um moço, e tateando, com a direita, a madeira do balaústre. Aquela fisionomia de estatuária grega era-me familiar. Eu tinha visto, já, em alguma parte, aquele rosto pálido, ornado daquela barba cuidada, quase alva, cortada em ponta. Em que busto de Homero ou de Édipo me haveriam mostrado aqueles olhos apagados? Em que mármore de Lisipo eu teria descoberto aquele brando sorriso de Sócrates, em que se misturavam, completando-se, doçura e severidade? Voltei sobre os meus passos e contemplei o ancião. Era Salvador de Mendonça, que, glorioso e cego, ia levar à folha, naquele dia, as suas reminiscências.

Nada me patenteia tanto a fragilidade humana como a presença dolorosa de um cego. A contemplação de Homero ou de Milton enche-me de pavor. Diante deles, apontando-os, eu vejo a Natureza, que me diz: "Homem fútil, verme triste da terra, vê, agora, o que és tu! O planeta, dizes, é teu. É teu o que te rodeia. Inventas aparelhos atrevidos para sondar o mistério dos mundos. Sobes às nuvens. Cortas os montes. Desces ao fundo do mar. Entretanto, vê: basta que eu te sopre aos olhos um grão de areia para que te sintas solitário no universo!"

Se o Homem nasceu, realmente, para a contemplação e a posse da Natureza, por que ela não o fez como as pedras preciosas, que refletem o sol por todas as faces? Por que Ela, tão pródiga, só concedeu à alma, para espiá-la e namorá-la, as delicadas janelas dos olhos?

A Natureza dirá, talvez: "Homem, se, vendo-me tão pouco, tanto me desejas e afliges, que seria de mim se teus olhos tivessem, na terra, o tamanho do teu coração!"

Salvador soube, porém, consolar-se da sua cegueira: vivia de recordações e de rosas.

Dentro da sua treva ele criara um mundo novo: plantou um jardim, adotou, ao lado das filhas, uma família de roseiras, e fez, de umas e outras, na glória da sua velhice, o consolo da sua cegueira.

O crepúsculo desta nobre vida, esmorecendo num rosal, tem a doçura religiosa de um grande quadro pagão. Cego e velho, este Anacreonte honesto abandonou a orgia tumultuosa do mundo, e as rosas o recolheram. E ele as apertava, ainda, nas mãos geladas, quando ressoaram os punhados de terra, graves, profundos, soturnos, sobre as tábuas do seu caixão...

Há uma face da sociedade brasileira que vem reclamando, de há muito, o cuidado dos historiadores. É a que se compõe de figuras brilhantes e curiosas, que se não fazem preceder de nenhum anúncio, que prometa o milagre. São árvores fortes e altas, que espantam o céu, agasalham os pássaros, mas de que a selva, em geral, desconhece a semente. São os homens que nascem de si mesmos, sem família notável, sem avós ilustres, sem antepassados gloriosos, e que formam, na vida intensa, a democracia dos salões, da política, das letras e das finanças. No Exército social, eles são os generais de caserna que conquistaram os postos sob a fuzilaria, e que compraram com o próprio sangue, nos campos de batalha, aquilo que é obtido por outros, facilmente, pela simples casualidade do nascimento. Como a generalidade dos heróis, eles começam nas fileiras, na promiscuidade dos quartéis, no tumulto da multidão. Há, entretanto, nestes privilegiados, uma força que os impele para a claridade, desagregando-os do meio em que tiveram origem. São elementos que se individualizam, gotas de azeite que sobem à tona, bolhas de ar que se elevam do leito dos rios, atravessam a água e se aliam, em cima, à espuma que passa... No conjunto da sociedade, eles trazem no orgulho, no desassombro, na rebeldia e, não raro, na brutalidade das maneiras, o estigma da procedência. A aristocracia odeia-os, mas tem de recebê-los, de aplaudi-los, de suportá-los. São os intrusos, que se impõem, e que constituem, geralmente, a fachada de ouro, sempre renovada, do edifício social.

Emílio de Menezes foi um desses combatentes que se

impuseram, em um meio propício, com a clava da sua coragem. Descendente de um casal pobre, que desabrochou em oito mulheres e um homem, que era ele, sentiu o futuro poeta, muito cedo, a necessidade de abandonar Curitiba, sua cidade natal. Um dia, uma das irmãs casou com um farmacêutico da capital, e o cunhado, no propósito de auxiliar a família a que se aliara, admitiu como empregado de balcão, na sua farmácia, o único rebento masculino daquele ramo curitibano.

Emílio de Menezes, que andava, então, pelos quatorze anos, era um rapazola comprido, esguio, e de poucas letras. Os seus conhecimentos eram todos primários, bastantes, entretanto, para que ele não errasse na manipulação das receitas, nem confundisse, no comércio miúdo, as raízes medicinais. O "Chernoviz", com as suas estampas instrutivas, merecia-lhe cuidados afetuosos, despertando-lhe um religioso interesse pelas plantas, pelos animais que se sacrificavam em benefício do homem, pelo conjunto, enfim, dos fenômenos e cousas da Natureza. Foi nesse ambiente, com certeza, no convívio do ácido prússico, da macélia, da nux-vômica, da genciana e da centáurea menor, que o seu espírito desabrochante se impregnou do amargo violento e dos princípios corrosivos que o haviam de particularizar, mais tarde, sobre a terra. O convívio dos venenos havia de, fatalmente, envenenar-lhe a ironia.

Aos dezoito anos, influenciado pelo movimento literário a que dava início o entusiasmo de Rocha Pombo, Emílio de Menezes constituía, pela originalidade da sua figura e dos seus hábitos, uma das curiosidades de Curitiba. As suas roupas, feitas sob as recomendações diretas do seu capricho, traduziam-lhe a esquisitice do gênio, a bizarria das maneiras, a singularidade da imaginação. A calça, larga e comprida, escorria-lhe pelas pernas finas de cegonha humana, repousando em botas enormes, de cores extravagantes. O paletó, frouxo, de comprimento incomum, descia-lhe pela ossatura delgada, com abundância de fazendas e de medidas. A gravata, em borboleta, era um escândalo, que o chapéu de feltro, de abas largas, aplaudia e completava. Possuía poucos amigos, repudiava as orgias, e raramente era visto entre rapazes joviais, mesmo quando se reuniam, de semana em semana, para a missa do seu ideal. Estes, entretanto, o respeitavam e queriam, pela novidade da sua palestra, entrecortada, sempre, de vivacidade maligna, ferina, escandalizante.

Um dia, fatigado da província, onde se indispusera com a maior parte da capital, chegou Emílio de Menezes a Paranaguá, fugindo aos seus conterrâneos. Amigos, pertencentes ao cenáculo de Curitiba, arranjaram-lhe dinheiro para uma passagem, e, com este, algumas cartas de recomendação amistosa. E é com estas, portadoras de esperança, que o vamos encontrar no Rio, quinze dias depois, relacionado, já, nas rodas de imprensa, por intermédio de alguns paranaenses generosos.

Uma das recomendações que trazia, era para o professor Coruja, e dera-lha Nestor Vítor. O destinatário da carta, liberal, afável, gentilíssimo com os rapazes de letras que o procuravam, estendeu a mão ao moço provinciano, abriu-lhe as portas do lar, franqueou-lhe a mesa, o coração, a intimidade. E, um ano depois, casava-se Emílio de Menezes com uma das filhas do seu hospedeiro, em companhia da qual saltava, em 1890, de regresso, em Curitiba, como funcionário federal, encarregado, ali, do recenseamento da população.

Tornando ao Rio de Janeiro, onde a Fortuna o esperava, começou para o boêmio do Paraná um período de prosperidade. Era na orgia financeira do Encilhamento. A falsa riqueza desafiava o apetite dos homens, derramando-lhes aos pés, pródiga, o ouro mentiroso da sua cornucópia de papelão. Emílio, valendo-se de amizades opulentas, obteve capitais e entrou a realizar, na Bolsa, especulações aventurosas. Foi feliz. O ouro enchia-lhe as algibeiras, e passava, das suas, para a dos boêmios necessitados. Morava, então, na Rua da Luz, em uma casa que se tornou, pela sua prodigalidade, a hospedaria dos amigos. À sua mesa, de proporções invulgares, sentavam-se capitalistas e poetas. Da imprevidência da cigarra laboriosa, viviam, então, cigarras e formigas. Tomou o paladar à opulência, à vida suntuária dos banqueiros, aos hábitos aristocráticos da nova fidalguia republicana. Comprava móveis antigos objetos caros, preciosidades de gosto e de custo. Possuía um carro de luxo, onde se acomodava elegante com as suas roupas irrepreensíveis, o seu feltro de Mosqueteiro e os seus *plastrons* extravagantes, em que brilhava, sempre, uma pedra de preço. Começou a engordar. A prosperidade econômica fizera-se acompanhar da prosperidade das banhas. E quando a primeira fugiu, a segunda, mais leal, mais persistente, mais firme, não abandonou o boêmio. Ficou pobre, mas estava gordo.

Dessa feição do poeta, vós, todos, estais lembrados. A impressão que ele nos dava, nos seus tempos de saúde física, era a de um gigante feliz. A cabeça leonina, ampla, formosa, evocava os dias longínquos da terra em que a bondade era sócia inseparável da fortaleza. A face redonda e corada; a fronte larga; os olhos claros, grandes e doces; o bigode vasto e alourado, reduzindo as proporções da boca forte, de dentes sólidos, davam ao rosto de Emílio de Menezes o aspecto de um gigante de legenda árabe, arrancado pela civilização mais polida às entranhas salitrosas do mar. O corpo enorme, de um Cristóvão descido da montanha para as tentações boêmias da cidade, formava, com a sua máscara poderosa, um espetáculo de singeleza, de graça e de força, que nos fazia recordar, à primeira vista, a infância ingênua da humanidade.

Houve quem o comparasse, um dia, a Benvenuto Cellini. A comparação é acertada. Emílio de Menezes era, em verdade, como o divino bárbaro de Florença, um misto de atleta e de santo de simplicidade e de insolência, de ductilidade e selvageria. Colocado nos umbrais da Renascença, Cellini resumiu, em si mesmo, todo o esplendor e toda a treva de duas idades contraditórias. Rústico e genial, residiam, nele, a um mesmo tempo, a mansidão e a arrogância, a glória e a brutalidade, as delicadezas da intuição artística e os defeitos do instinto irrefreável. As suas Memórias são, hoje, a própria história do Renascimento. A mão que feria, que assassinava, que era o pesadelo dos príncipes, o espanto dos mercadores, o pavor dos lacaios, era a mesma que, instantes depois, se firmava, leve, sobre o ouro, fixando maravilhas espantosas e comoventes, pelo mimo, pelo apuro, pela gracilidade, na curva ressoante das taças e na peanha fulgente dos relicários!

Na arte e na pessoa de Emílio, havia, também, esse amálgama de meiguice e brutidão. Agressivo e generoso, irreverente e compadecido, ele era, ao mesmo tempo, leão e cordeiro. Os seus amigos tornavam-se, para ele, inatacáveis: eram diamantes sem jaça, almas sem pecado, pérolas sem defeito. Os seus inimigos não tinham virtudes: eram arvoredo sem fruto, espinheiros sem flor, terreno sem cultura, sem préstimo, sem utilidade. Havia nele, alternadamente, a humildade e a irreverência. Lisonjeava ou feria. A sua espada era de pluma ou de aço. Tudo dependia, nos combates, do alvo e da ocasião.

O seu gênio estava, entretanto, no brilho do ataque aos adversários. A sua língua, que teria sido servida pela sabedoria de Esopo no segundo almoço de Xanto, não respeitava, então, nem homens, nem santos, nem deuses. A maledicência transformava-se, nesses momentos, para ele, numa arte elegante e sagrada, de que se tornava o mais meticuloso dos sacerdotes. Utilizava a malícia, a sátira, a palavra ferina, com a graça, a volúpia, a perversidade galantes com que em Florença se utilizava o veneno. A sua imaginação, de uma fertilidade americana e de uma riqueza oriental, era, nesse particular, um jardim amavioso e encantado, onde colhia, a todo instante, para os desafetos, cavalheiros ou senhoras, flores de perfídia que entonteciam e envenenavam. As rosas da sua galanteria tinham caule de estilete. Homicida pela palavra, a sua estátua, quando ele a tiver, deve trazer nas mãos, como a de Harmódio em Atenas, um punhal e um ramalhete. À semelhança daqueles rajás indianos que matavam os prisioneiros dando-lhes o pó dos seus diamantes, ele misturava, nas suas vinganças, aos manjares da palestra, a faiscante pedraria do seu espírito. As cadeias de vocábulos com que inutilizava os adversários eram daquelas com que Alexandre algemou Dario derrotado: ensangüentavam os pulsos, mas eram de ouro.

A geração contemporânea de Emílio de Menezes, que é ainda a nossa, considerava-o o maior dos seus humoristas. Eu não sei de quem o fosse menos neste país, e contesto-lhe o título com os mesmos fundamentos que levaram Paul Stapfer a recusá-lo a Voltaire, condenando-o, entretanto, à gravidade majestosa de Shakespeare.

No seu estudo, que eu reputo completíssimo, de Machado Assis, Alcides Maya resume a opinião universal sobre o *humour*. "O *humour* - diz ele - é revolta, melancolia, piedade: fora apenas revolta, e não se exprimiria em forma artística, embora irregular; mas também é sombra de alma, humanidade que se não resignou de todo, que ainda sonha, ainda solidária... Brinca de morte com as suas criações; destrói e abate com a coragem negativa de um suicídio executado a rir; sobre a ruinaria que espalha, eleva, como em terra folgada, a pura animalidade; porém ao fundo, bem ao fundo das páginas afeleadas, lá está o ideal, fonte de justiça, de amor e de simpatia." E em outra parte: "O humorista é um forte bom, vencido, mas sobranceiro à derrota, e na atitude que assume, não de orgulho puro, e sim de altivez dolorosa, há, anulando o despeito pessoal, uma certeza superior das contingências terrenas."

É essa a legítima interpretação do *humour*, tomado nas suas correntes originárias. Filho pródigo da Compaixão e do Tédio, o humorista é, entre os homens de arte, o único, no planeta, que não tem leito nem pátria. Se quer chorar, os outros sorriem. Se ele sorri, os outros choram. As suas gargalhadas são lavadas de lágrimas e o seu soluço, quando o emite, vem à boca, doloroso, através de um sorriso Não odeia, nem ama. Os extremos do sentimento são-lhe desconhecidos, porque só ele se não ilude, crente, na terra, com as nuvens mentirosas do horizonte. Uma grande piedade triste enche-lhe o abismo do coração. Quando o rodeiam os pigmeus, ele olha para si mesmo, e sorri. E quando o assaltasse, por acaso, a vaidade da sua estatura, exaltada pelo conhecimento da própria fragilidade, ele olharia, para humilhar-se, o espetáculo das montanhas circunjacentes.

Colocado sem bússola, como todas as criaturas, no deserto da vida, o seu sono é vazio de sonhos, porque ele é o único, na caravana, que dorme sem esperança. Diverte-se com os homens como os deuses se divertiriam com ele. Individualizando-o, ele é o contraste, exato, daquele Luís Garcia, de Machado de Assis, que amava a espécie e aborrecia o indivíduo: o humorista consola o indivíduo e, porque a ela pertence, zomba da espécie. Se a vida fosse um templo, como o de Dagon, ele lhe abalaria as colunas, sepultando-se nos seus escombros com a grande massa dos filisteus.

Como artista, o "humorista" faz lembrar um homem de outro planeta que tivesse, de repente, aportado ao nosso, e que, no desconhecimento absoluto das nossas convenções e costumes, se pusesse, sem consulta, e aconselhado apenas pelo seu capricho, a fazer uso dos nossos objetos comuns.

Indiferente aos valores morais e artísticos, às fórmulas tradicionais e consagradas, a sua originalidade provém, exatamente, do conflito dos seus processos com a generalidade dos processos habituais. A moeda de ouro e o punhado de lama têm, entre os seus dedos, como arte e como moral, o mesmo padrão. Os homens e as cousas, para ele, não têm nome. Ele é o Supremo Sacerdote que lhes ministra o batismo, e que lhes dá um lugar provisório na criação, independente das origens. E como a sua justiça é, aparentemente, arbitrária, nasce, do choque do seu capricho com as convenções estabelecidas, o mérito da singularidade.

Definindo o humorismo como arte, diz Paul Stapfer, com humorística propriedade, que o humorista amarra um ramalhete de penas de pavão na cauda de um porco. O humorismo, como forma, nasce, realmente, do vago escândalo dos contrastes. O escritor que recuasse na imolação de uma página genial no altar de uma pilhéria comum, não seria um humorista. Este não desbarata, porque ele recusa valor à sua fortuna. Abraão, aí, jamais recua no sacrifício de Isaac, porque os pais, nessas montanhas, não reconhecem os filhos...

O que havia em Emílio de Menezes era o satírico; satírico à maneira de Horácio, de Marcial, de Lucílio, de Pérsio e, sobretudo, de Juvenal.

Quintiliano atribui à sátira uma origem puramente romana. *Satira tota nostra est.* E Horácio, que a perfilhou, concede a legítima paternidade a Lucílio.

A sátira, modalidade combativa, só podia nascer - di--lo um historiador - de um povo belicoso. Ela é uma arma como a espada, como a lança, como a flecha, como os mais perigosos instrumentos de guerra. A civilização grega, que deu Aristófanes, não suportaria a brutalidade de Marcial. As asas de ouro do espírito ateniense tombariam, rotas, ao peso de uma sentença de Horácio. O gênio latino, que levantou o Coliseu, enchendo-o de feras, estava mais apto à criação de um gênero literário que se podia transformar, de súbito, em espetáculo sanguinolento.

Entre o humorista e o satírico aprofunda-se um fosso insoterrável. O humorista zomba do mundo, e de si mesmo. São-lhe defesos a lisonja, o louvor, o elogio individual. O satírico zomba do homem, selecionando os indivíduos, e pode ser lisonjeiro, áulico, palaciano. Juvenal faz o panegírico de Catulo e respeita a austeridade de Adriano. Rabelais, o "patriarca do humorismo", não encontrou um antídoto humano para o "ridículo de Pantagruel". Examinando o trigal, o satírico escolhe as espigas, separando-as. O humorista amaldiçoa, ou abençoa, a seara, no seu conjunto; o pão do primeiro é feito com joio. O segundo tritura, para o seu pão, o joio e o trigo.

Exercida genialmente, como o foi por Juvenal, a sátira pode ser, na família ameaçada, a sentinela da virtude. Denunciando o vício atrevido, amedrontando o crime insolente, assinalando, rápido, com um traço de fogo, as feridas de caráter onde elas mostrem os bordos, o satírico é um dos elementos indispensáveis à disciplina dos instintos, dos costumes, das instituições. A sátira é, mesmo, o freio de ouro das sociedades desembestadas.

Sob esse aspecto, Emílio de Menezes foi, no seu tempo, incomparável. A sua irreverência, cáustica, mordaz, dilacerante, encheu vinte anos de vida carioca. Ninguém o ultrapassou no epigrama, na sátira, no dito oportuno e pitoresco. A língua portuguesa não teve jamais, entre nós, de um só homem tão copiosa contribuição de perversidade punidora, dentro das possibilidades da raça. A fama da sua mordacidade foi tão dilatada, que ele se queixava, nos últimos anos, - como sucede, aliás, a todos os satíricos - da responsabilidade, que lhe atiravam, de todas as irreverências que surgiam.

As flores da sua perversidade eram, entretanto, inconfundíveis. E essa produção corre mundo, faiscante, ferina, fraccionada, como um punhado de navalhas sem cabo, em que se deve pegar com cuidado. As suas lâminas têm, quase, um destino previsto. As flechas deste soldado de Anfípolis levavam endereço, geralmente, ao olho direito de Filipe. E vós sabeis como ele as atirava à rua, entre os dedos anônimos da multidão. Em uma roda de amigos, na Rua do Ouvidor, na Avenida, nas mesas da confeitaria Pascoal ou da Colombo, a conversa recaía, extemporânea, sobre um tipo ou sobre um fato. De repente, Emílio, que preferia ouvir a contar, abria em forquilha o polegar e o indicador da mão esquerda, sustentava com eles o bigode farto, e desatava a rir, num riso sacudido, sem estrépito, que era, sempre, à perspicácia dos conhecidos, o anúncio seguro de que a máquina terminara a manufatura de mais uma lâmina.

Certa vez, por exemplo, conversava-se de um escritor eminente, notável, entre nós, pela variedade e abundância das suas manifestações literárias.

- É um gênio - dizia alguém. - Ele faz versos, crônicas, romances, contos, crítica literária; é jornalista, orador, político; enfim, trata de tudo.

- Sim - atalhou Emílio; - mas é prédio da Avenida.

E como o apologista lhe pedisse o segredo da comparação, explicou:

- Muita frente, e pouco fundo!

Alguns dos nossos homens eminentes foram, por muito tempo, o objetivo permanente da sua ironia. Eram uma espécie de alvo em que ele se exercitava, acertando a mão ou, melhor, a língua, sempre que lhe faltavam tipos novos, postos sob a sua pontaria pela fatalidade dos acontecimentos. Entre esses mártires, havia um historiador ilustre, sábio respeitadíssimo, em torno do qual se criara, injustamente, uma lenda de desleixo, de abandono próprio, e, mesmo, de falta de higiene. Utilizando essa versão popular, contava, então, o poeta:

- Uma vez, ele mandou à tinturaria, para ser lavado, um terno com que andava há doze anos. Uma semana depois, aparece-lhe à porta um empregado do tintureiro, e entrega-lhe um embrulho pequenino, que lhe cabia na mão.

E como lhe perguntavam o que seria, Emílio concluía invariável:

- Eram os botões, menino! A roupa, de puída e velha, havia-se dissolvido na água.

Uma tarde, estava um de nós, eminente ironista, ao lado do poeta, quando passou, perto, arrogante, um cavalheiro conhecido na cidade pela sua aversão ao pagamento das dívidas. Ferido pela insolência do tipo, Emílio voltou-se, rápido, para o companheiro, perguntando-lhe, à queima-roupa.

- Em que se parece aquele sujeito com um botão?

O outro não atinou com a chave do enigma, e ele completou, perverso:

- É que ele também não paga a casa em que mora...

Um colecionador anônimo dos seus ditos excelentes registrou, dele, uma série copiosa de "maldades" do gênero.

Havia no Rio um jornalista de má fortuna, diretor de um periódico oportunista, que claudicava de uma perna, aleijada por uma inchação crônica, e que vivia, então, da exploração, mais ou menos inteligente, da vaidade alheia. Uma tarde passava este homem de imprensa e de negócios pela Rua do Ouvidor, arrastando, tardo, a perna enferma, quando um íntimo de Emílio de Menezes lhe chamou a atenção:

- Admira - diz - como aquele homem, com o tamanho defeito, seja tão "cavador"..

- Pois a mim não me admira - contrapôs o poeta.

E voltando-se para o companheiro:

- Ele não tem uma perna "inchada"?

Há vinte anos, era famoso no Rio, pelos seus processos de adquirir dinheiro, um boêmio cuja habilidade se tornou proverbial. A sua fórmula para promover a elasticidade das bolsas era cômoda e comovente. Chegava-se a um amigo, e lastimava-se:

- Veja só! Eu já tive uma fortuna regular, com os meus prédios, as minhas apólices, a minha caderneta de Banco... E hoje, sou isto!

E após uma pausa:

- Você, que me viu tão feliz, não me poderá "passar" uma de cinco mil réis?

Comentando esse meio de vida, Emílio explicava:

- Coitado do Rocha! O que ele diz é verdade. Ele teve posição, casa, fortuna. Hoje, vive do "passado"...

Já enfermo, apoiando-se ao bengalão que sempre o acompanhava, ia o poeta, uma tarde, pela Avenida, quando dele se acercou um dos parasitas do seu conhecimento.

- Boa tarde, Emílio! Como vai a saúde?

- Vai indo. Mas, que é que desejas? Dize, que eu tenho pressa.

O parasita, gentil, maneiroso, aproximou-se do poeta, passou-lhe as mãos pelo teclado de botões do fraque preto, sacudindo as partículas de uma poeira imaginária. De repente, descobrindo-lhe na gola um fiapo branco olvidado pela escova, tomou-o com os dedos, lançando-o, ao solo, enquanto dava o assalto:

- Estou, Emílio, em um dos meus piores dias; arranja-me uns dez mil réis...

- Dez mil réis! - trovejou a vítima, recuando.

E apontando para gola do fraque:

- Põe já o fiapo aqui!

O seu orgulho esteve, sempre, aliado à sua mordacidade. Ninguém lhe feria o brio de homem, mesmo a título de gracejo, sem sofrer, prontamente, a represália. Pretendendo fazer espírito, um deputado convidou-o para um aperitivo:

- Quero dar-te a honra da minha companhia... Vamos tomar alguma cousa...

E o poeta, com um sorriso de piedade:

- A honra? ... Obrigado, meu velho; você já está tão desfalcado...

As suas definições possuíam um cunho inconfundível, pelo pitoresco, pela novidade, pela graça imprevista.

Um dos seus amigos, o padre Severiano de Rezende, de regresso de Paris, onde deixara a batina, surgiu, um dia, diante do poeta, à Rua Gonçalves Dias, trajando jaquetão claro, chapéu de palha, flor à lapela, mas tendo à mão, em conflito com aquela meia elegância, um guarda-chuva de cabo torcido.

- Estás belo, padre, assim à paisana!

- Achas?

- De certo.

E olhando melhor:

- Agora, é só a bengala que traja à clerical.

- Que bengala? - estranhou o ex-sacerdote. - Isto é um guarda-sol...

E Emílio:

- Pois é isso mesmo; que é um guarda-sol senão uma bengala de batina?

De um funcionário do governo que se queixava de não receber os vencimentos há seis meses, e que vivia na penúria, dizia ele, penalizado:

- Coitado! Já tem teias de aranha no céu da boca!...

Em roda de literatos, um deles, discutindo poesia, procurou amesquinhar Machado de Assis, observando, leviano:

- Era um péssimo poeta. O último verso dos tercetos *A uma creatura* tem onze sílabas; é um verso de pé quebrado!

Emílio, que nutria uma religiosa admiração pelo Mestre, franziu a testa profética, e protestou, soturno:

- Os bons versos não têm pés; têm asas!

As anedotas puramente anônimas de Emílio de Menezes, isto é, aquelas que não visavam indivíduos, nem eram atualizadas com a intercalação de nomes próprios, constituirão, no futuro, um dos mais finos cabedais do repertório da língua.

Não há literatura mais rica, mais opulenta, do que essa de anedotas, que circula pelo mundo nas páginas cosmopolitas dos almanaques. Lendo esses repositórios, sobem a centenas, a milhares, os ditos, os trocadilhos, as facécias que fariam honra aos espíritos mais escrupulosos e agudos. Quem teria lançado, entretanto, à campina sem dono, essas flores maravilhosas? Que mão misteriosa teria passado na treva, semeando, no silêncio da noite, esse trigo de ouro, de que se alimenta, sem susto, a alegria inocente do povo? Quem atirou ao oceano esses punhados de pérolas, que vêm enfeitar, entre o espanto dos pescadores que passam, o colo arfante das praias?

Emílio de Menezes foi um desses perdulários. A sua jovialidade era uma água miraculosa que ele dava a beber a toda a gente, e que ainda lhe extravasava das mãos. Essa água, pura e fresca, irá, mais tarde, como a dos rios, perder-se no mar. Identifiquemo-la, entretanto, enquanto se não dá de tudo a fusão da torrente no oceano.

Certa vez, ia o poeta em um bonde, quando se sentaram no banco imediato, em frente, duas senhoras de grandes banhas, que dificilmente puderam penetrar no veículo. Com o peso das duas matronas, o banco, que era frágil, range, estala, geme, estranhando a carga. Emílio, que observa o caso, leva a mão à boca no seu gesto característico, e põe-se a rir em silêncio, no seu riso sacudido e interior. E como o companheiro o olhasse, explicou:

- Sim, senhor! É a primeira vez que eu vejo um banco quebrar por excesso de fundos!...

E desatou a rir, de novo, sustentando o bigode nas mãos.

No discurso que Emílio de Menezes pretendia proferir à entrada desta Casa, ele queixava-se, amargo, da deslealdade dos ironistas amigos, que se apropriavam das penas zombeteiras com que fazia cócegas no nariz do próximo, e que lhe atribuíam, ainda, em paga, o manejo da urtiga, irritadora da pele.

No trabalho meticuloso em que Fabre reabilita a cigarra, malsinada por La Fontaine, intérprete secular do despeito dos gregos, demonstra esse entomologista a falsidade da tradição que atribui a este inseto, filho do sol, o defeito da imprevidência. E no restabelecimento da verdade, na reintegração dos seres na natureza e no conceito dos homens, conta que a cigarra, nos dias de verão, se aproxima de um ramo tenro, faz-lhe uma pequena cesura, e põe-se a sugar, tranqüila e honesta, a seiva deliciosa da planta. Acossados pela canícula, sem uma gota de orvalho no cálix das flores ou na taça verde das folhas, as formigas correm, de longe, ao aviso da boêmia. E assiste-se, então, a esta cena surpreendente: enquanto a cigarra canta, bebendo, saciando-se à custa da própria tenacidade, as formigas dessedentam-se no líquido que ela derrama, e, na disputa, mordem-na, maltratam-na, agridem-na, procurando afugentá-la, para se apossarem do mel que lhe sobra!

Emílio foi no seu tempo, sob esse aspecto, a cigarra deste formigueiro. Malsinado pelas formigas, que viveram da seiva que ele arrancava, cantando, ainda encontrou, na morte, como a sua irmã de Verão, a injustiça de La Fontaine!

O poeta, em Emílio de Menezes, era o imprevisto desdobramento do homem. Ele recordava, nesse particular, certos rios secundários da Amazônia, em que a superfície das águas não dá idéia do seu volume. Em frente ao meu barracão de seringueiro, no Mapuá, no ponto em que essa corrente se bifurca, apertando nas tenazes a bárbara virgindade da selva, corria a unir-se ao outro o braço mais estreito do rio. Debruçadas nas margens, as juçaras eram como braços femininos e amorosos, oferecendo aos viajantes e às águas o verde ramalhete das suas almas. Abertos em flores roxas, desciam, dia e noite, no rumo do mar, as balsas de mururé, como coroas mortuárias tecidas pela saudade da terra para o enterro do oceano. Ensombrando a correnteza, árvores de toda ordem atiravam à água, enfeitando-lhe o manto, punhados de flores, que deslizavam quietas, entre adeuses de insetos, na ignorância do seu destino... Olhando aquele rio estreito e festivo, eu me supus hóspede de um regato amável, que me mostrava, na sua quietude, nas suas balsas floridas, na frescura permanente das águas, as intimidades do seu coração. Um dia, fui sondá-lo: disfarçada por aquelas flores da superfície, rolava para o Amazonas, rápida, silente, vertiginosa, uma poderosa massa d'água que tinha, diante da minha casa, quarenta metros de profundidade!

Emílio de Menezes era um desses abismos dissimulados. Sob a camada risonha e clara da sua vida jovial, trovejava, grave, profundo, soturno, o rio da sua inspiração poética!

A figura de Emílio tem, no seu tempo, sob esse aspecto, uma feição singular. Tendo chegado tarde para participar do movimento literário iniciado por Bilac, Alberto de Oliveira e Raimundo Correia, e cedo demais para aguardar em silêncio a fórmula e a companhia da geração que viesse, Emílio deliberou constituir, sozinho, o seu apostolado poético. Os muros de Jerusalém eram ressoantes de harpas amorosas quando se ouviu, fora, na solidão do Deserto, o trovão de Isaías. Isolado, sem discípulos, sem mestres, sem precursores nem seguidores, o novo profeta era o oráculo de uma poesia nova, cuja música, de sons cavos, lúgubres, intimidavam e embeveciam.

A arte de Emílio de Menezes não se parece, em verdade, com qualquer outra da sua época. Se os gigantes cantassem, cantariam com aquela sonoridade. Polifemo, chorando sangue e lágrimas pelo olho vazado, devia ter, à beira do mar, o choro das suas blasfêmias. O seu verso, largo, severo, musical, dá-nos na sua impassibilidade majestosa uma impressão de oceano rolante. Os próprios estos do seu amor são austeros, sombrios, de uma grande harmonia descompassada, como se subissem do fundo das ondas. Se Adamastor, assentando no promontório tormentoso, soprasse a sua saudade, entre os uivos das ondas, no côncavo de um búzio tempestuoso, a sua voz não seria, talvez, mais grave e mais triste. Ecoavam na sua boca, blasfemando ou gemendo, as vozes dos titães soterrados. Os seus alexandrinos tinham, na gravidade da música, rebôos de caverna:

Este leito, que é o meu, que é o teu, que é o nosso leito,
Onde este grande amor floriu, sincero e justo,

E unimos, ambos nós, o peito contra o peito,
Ambos cheios de anelo, ambos cheios de susto;
Este leito que aí está revolto assim, desfeito,
Onde humilde beijei teus pés, as mãos, o busto,
Na ausência do teu corpo a que ele estava afeito,
Mudou-se, para mim, num leito de Procusto!...

Louco e só! Desvairado!... A noite vai sem termo,
E, estendendo, lá fora, as sombras augurais,
Envolve a Natureza, e penetra o meu ermo.

E mal julgas, talvez, quando, acaso, te vais,
Quanto me punge e corta o coração enfermo
Este horrível temor de que não voltes mais!...

Neste soneto, instrumentado com a mesma harmonia larga, trovejam os mesmos ecos:

Tomba às vezes meu ser. De tropeço a tropeço,
Unidos, alma e corpo, ambos rolando vão.
É o abismo, e eu não sei si cresço ou si descreço,
À proporção do mal, do bem à proporção.

Sobe às vezes meu ser. De arremesso a arremesso,
Unidos, estro e pulso, ambos fogem ao chão,
E eu ora encaro a luz, ora à luz estremeço,
E não sei onde o mal e o bem me levarão.

Fim, qual deles será? Qual deles é começo?
Prêmio, qual deles é? Qual deles é expiação?
Por qual deles ventura ou castigo mereço?

Entre o perpétuo sim e ante o perpétuo não,
Do bem que sempre fiz, nunca busquei o preço,
Do mal que nunca fiz, sofro a condenação.

Infelizmente, essa feição artística, esse apego exagerado à música dos vocábulos, que constituía a sua virtude, o segredo do seu renome nas letras, foi, também, o veneno da sua glória. De imaginação pouco fértil nesse terreno, e de coração mal encordoado para os dedos do sofrimento, e, sobretudo, sem um patrimônio de cultura que lhe permitisse o suprimento com o recurso das adaptações inteligentes, tinha ele de apelar, necessariamente, para o artifício, para a espuma colorida, para os efeitos do vocabulário, que substituem insuficientemente a idéia. Quando o pensamento é pálido, recorre o artista à beleza da orquestração, em que consegue, geralmente, resultados maravilhosos. Este soneto, pertencente à última fase do poeta, constitui, na apoteose sonora das palavras, um desses apelos felizes:

Aureolado da opala, o topázio, a ametista,
Que o sol ocíduo põe na agonia da tarde,
O monte, que, de légua, ou de léguas, se avista,
Do amplo juso à cimeira, em pedrarias, arde.

À suntuosa mudez não há olhar que resista,
Nem ao quieto esplendor quem se não acobarde,
Um silêncio de luz lhe vai da base à crista:
É o féretro da pompa, é o túmulo do alarde.

Em tal fulgurarão, translúcido, irradia,
E essa translucidez que é apenas ilusória,
Deixa ver que há um Além, além da fantasia.

Desce lenta, entretanto, a noite merencórea...
Queda-se a Natureza, amortalhada e fria,
Na saudosa visão de um momento de glória...

Em palestra, um dia, com Edmond de Goncourt, contou Heredia, sem imediata aplicação do símbolo, um episódio que devia ter, então, alguma relação com a sua poesia decorativa. Certo milionário extravagante, espírito bizarro, dado a prazeres custosos e exóticos, ideara, certa vez, a adaptação de uma figura viva às figuras mortas do seu tapete, e comprou uma tartaruga. Ao chegar em casa notou que a carapaça do anfíbio era rude, áspera, grosseira, e mandou que a polissem. Em seguida, para que se tornasse em harmonia com a decoração suntuosa das tapeçarias, levou-a a um dourador, que a dourou, e, finalmente, a um joalheiro, que lhe incrustou no casco, com afetuosa perícia, um punhado de topázios de preço. Assim adornada, a tartaruga passeou, ainda, dois dias, como um mostruário errante, pelas alcatifas do salão; ao terceiro, porém, sucumbiu, vítima dos artifícios.

Os sonetos de Emílio de Menezes não eram evidentemente meras tartarugas poéticas, valorizadas para o palácio das letras pela faiscante pedraria da concha. Quando assim sucedia, havia uma diferença: é que a tartaruga morreu com a incrustação dos topázios, enquanto que, nos sonetos de Emílio, os topázios, que matam alguns, dão, a outros, a glória da imortalidade.

O conhecimento que possuía dos homens o meu antecessor nesta Cadeira, fê-lo amigo dos irracionais. A casa onde viveu os últimos anos, e onde morreu, na Aldeia Campista, era ressoante de guinchos, de uivos, de miados, de cacarejos, de vozes que se confundiam e subiam ao céu, como se tivesse encalhado na terra, entre árvores, a Arca de Noé.

Galgos afilados, angorás voluptuosos, galinhas pintalgadas; galos de cauda em forma de trompa e crista em bico de serra, - eram, no lar, os seus amigos, o seu mundo, o seu universo. Nas exposições caninas e avícolas, era ele, sempre, um dos julgadores do concurso, com autoridade incontrastável no assunto. E tão competente era, ou parecia, na geografia física de tais províncias da Natureza, que toda a gente se lembra, ainda, daquela galinha de cabeça de peru, com que ele concorreu, há três anos, ao certame anual da Sociedade Nacional de Avicultura, nos terrenos em que florescia, há quatro lustros, a suave santidade das freiras da Ajuda.

Diante dos seus bichanos e dos seus "loulous", Emílio tinha horror à humanidade. Para ele, como para Henry Rabusson, o homem tem necessidade da companhia do cão sempre que pretenda elevar-se na ordem dos sentimentos. Ao contrário de Michelet, que os considerava candidatos à humanidade, ele achava que o homem é que era, ainda, um simples candidato aos sentimentos bons, puros, altos, generosos, que a sua perspicácia descobria nos cães. Como Schopenhauer, Emílio acreditava, ainda, que o homem só teve a noção da sinceridade, classificando-a, como virtude, no dia em que domesticou o cachorro. E nesta simpatia pela animalidade, criava gatos soberbos, galinhas magníficas, perus explosivos e, sobretudo, cachorrões trovejantes, honestos, leais, dedicados, que mandava negociar na cidade, a duzentos mil réis cada um...

São estes os vultos gloriosos cuja herança acadêmica me foi destinada nesta Casa: um, devoto das rosas, que identificava pelo perfume; outro, amigo dos cães, que distinguia pelo ladrido. Pondo Emílio de Menezes os cães acima dos homens, o seu espírito se revoltaria, talvez, no mundo em que repousa, se eu evocasse, a propósito da sua memória, as outras figuras da espécie. Parece-me preferível, pois, nesta despedida, recordar, em uma imagem final, uma sabida anedota do seu agrado.

No cerco de Paris, em 1870, a fome atormentava a população. Os cavalos foram comidos, um a um. Os gatos desapareceram dos telhados, os cães desertaram as ruas, e os ratos, mesmo, foram caçados nos esgotos. Por esse tempo, Charles Monselet, que então escrevia no *Figaro*, correu às trincheiras, incorporando-se, com o seu "loulou", o *Azor*, em um batalhão de voluntários. Durante vinte dias suportou Monselet heroicamente o regímen do batalhão, comendo ratos e gatos, cujos ossos o cão, depois, triturava nos dentes.

Um dia, faltaram os felinos e os roedores, e o jornalista resolveu um sacrifício pérfido: comer o cachorro. À noite, em uma casa vizinha às trincheiras, foi o cão abatido, esfolado, posto a ferver com especiarias estimulantes, e transformado, por milagre de caçarola, no mais saboroso dos guisados militares. Terminado o jantar, Monselet reuniu em um prato os ossos da vítima e gemeu, enxugando os olhos:

- Pobre *Azor*! Que jantar perdeste hoje!...

É esta, mais ou menos, agora, a exclamação que me cabe:

- Ah, Emílio! Que pilhérias me darias tu, neste momento, se estivesses presente a esta solenidade!

O Monstro

Pelas margens sagradas do Eufrates, que fugia, então, sem espuma e sem ondas, caminhavam, na infância maravilhosa da Terra, a Dor e a Morte. Eram dois espetros longos e vagos, sem forma definida, cujos pés não deixavam traços na areia. De onde vinham, nem elas próprias sabiam. Guardavam silêncio, e marchavam sem ruído olhando as coisas recém-criadas.

Foi isto no sexto dia da Criação. Com o focinho mergulhado no rio, hipopótamos descomunais contemplavam, parados, a sua sombra enorme, tremulamente refletida nas águas. Leões fulvos, de jubas tão grandes que pareciam, de longe, estranhas frondes de árvores louras, estendiam a cabeça redonda, perscrutando o Deserto. Para o interior da terra, onde o solo começava a cobrir-se de verde, velando a sua nudez com um leve manto de relva moça, que os primeiros botões enfeitavam, fervilhava um mundo de seres novos, assustados, ainda, com a surpresa miraculosa da Vida. Eram aves gigantescas, palmípedes monstruosos, que mal se sustinham nas asas grosseiras, e que traziam ainda na fragilidade dos ossos a umidade do barro modelado na véspera. Algumas marchavam aos saltos, o arcabouço à mostra, mal vestidas pela penugem nascente. Outras se aninhavam, já, nas moitas sem espinhos, nos primeiros cuidados da primeira procriação. Batráquios de dorso esverdeado porejando água, fitavam mudos, com os largos olhos fosforescentes e interrogativos, a fila cinzenta dos outeiros longínquos, que pareciam, à distância, à sua brutalidade virgem, uma procissão silenciosa, contínua, infinita, de batráquios maiores. Auroques taciturnos, sacudindo a cabeça brutal, em que se enrolavam, encharcadas e gotejantes, braçadas de ervas dos charcos, desafiavam-se, urrando, com as patas enfiadas na terra mole.

Rebanho monstruoso de um gigante que os perdera, os elefantes pastavam em bando, colhendo com a tromba, como ramalhetes verdes, moitas de arbustos frescos. Aqui e ali, um alce galopava, célere. E à sua passagem, os outros animais o ficavam olhando, como se perguntassem que focinho, que tromba, ou que bico, havia privado das folhas aquele galho seco e pontiagudo que ele arrebatava na fuga. Ursos primitivos lambiam as patas, monotonamente. E quando um pássaro mais ligeiro cortava o ar, num vôo rápido, havia como que uma interrogação inocente nos olhos ingênuos de todos os brutos.

Em passo triste, a Dor e a Morte caminham, olhando, sem interesse, as maravilhas da Criação. Raramente marcham lado a lado. A Dor vai sempre à frente, ora mais vagarosa, ora mais apressada; a outra, sempre no mesmo ritmo, não se adianta, nem se atrasa. Adivinhando, de longe, a marcha dos dois duendes, as coisas todas se arrepiam, tomadas de agoniado terror. As folhas, ainda mal recortadas no limo do chão, contraem-se, num susto impreciso. Os animais entreolham-se inquietos e o vento, o próprio vento, parece gemer mais alto, e correr mais veloz à aproximação lenta, mas segura, das duas inimigas da Vida.

Súbito, como se a detivesse um grande braço invisível, a Dor estacou, deixando aproximar-se a companheira.

Para que mistério - disse, a voz surda, - para que mistério teria Jeová, no capricho da sua onipotência, enfeitado a terra de tanta coisa curiosa?

A Morte estendeu os olhos perscrutadores até os limites do horizonte, abrangendo o rio e o Deserto, e observou, num sorriso macabro, que fez rugir os leões:

- Para nós ambas, talvez...

- E se nós próprias fizéssemos, com as nossas mãos, uma criatura que fosse, na terra, o objeto carinhoso do nosso cuidado? Modelado por nós mesmas, o nosso filho seria, com certeza, diferente dos auroques, dos ursos, dos mastodontes, das aves fugitivas do céu e das grandes baleias do mar. Tra-lo-íamos, eu e tu, em nossos braços, fazendo do seu canto, ou do seu urro, a música do nosso prazer... Eu o traria sempre comigo, embalando-o, avivando-lhe o espírito, aperfeiçoando-lhe à alma, formando-lhe o coração. Quando eu me fatigasse, tomá-lo-ias, tu, então, no teu regaço... Queres?

A Morte assentiu, e desceram, ambas, à margem do rio; onde se acocoraram, sombrias, modelando o seu filho.

- Eu darei a água... - disse a Dor, mergulhando a concha das mãos, de dedos esqueléticos, no lençol vagaroso da corrente.

- Eu darei o barro... - ajuntou a Morte, enchendo as mãos de lama pútrida, que o sol endurecera.

E puseram-se a trabalhar. Seca e áspera, a lama se desfazia nas mãos da oleira sinistra que, assim, trabalhava inutilmente.

- Traze mais água! - pedia.

A Dor enchia as mãos no leito do rio, molhava o barro, e este, logo, se amoldava, escuro, ao capricho dos dedos magros que o comprimiam. O crânio, os olhos, o nariz, a boca, Os braços, o ventre, as pernas, tudo se foi formando, a um jeito, mais forte ou mais leve, da escultora silenciosa.

- Mais água! - pedia esta, logo que o barro se tornava menos dócil.

E a Dor enchia as mãos na corrente, e levava-a à companheira.

Horas depois, possuía a Criação um bicho desconhecido. Plagiado da obra divina, o novo habitante da Terra não se parecia com os outros, sendo, embora, nas suas particularidades, uma reminiscência de todos eles. A sua juba era a do leão; os seus dentes, os do lobo; os seus olhos, os da hiena; andava sobre dois pés, como as aves, e trepava, rápido, como os bugios.

O seu aparecimento no seio da animalidade alarmou a Criação. Os uros, que jamais se haviam mostrado selvagens, urravam alto, e escarvavam o solo, à sua aproximação. As aves piavam nos ninhos, amedrontadas e os leões, as hienas, os tigres, os lobos, reconhecendo-se nele, arreganhavam o dentes ou mostravam as garras, como se a terra acabasse de ser invadida, naquele instante, por um inimigo inesperado.

Repelido pelos outros seres, marchava, assim, o Homem pela margem do rio, custodiado pela Dor e pela Morte. No seu espirito inseguro, surgiam, às vezes, interrogações inquietantes. Certo, se aqueles seres se assombravam à sua aproximação, era porque reconheciam, unânimes, a sua condição superior. E assim refletindo, comprazia-se em amedrontar as aves, e em perseguir em correrias desabaladas pela planície, ou pela margem do rio, esquecendo por um instante a Dor e a Morte, os gamos, os cerdos, as cabras, os animais que lhe pareciam mais fracos.

Um dia, porém, orgulhosas do seu filho, as duas se desavieram, disputando-se a primazia na criação do abantesma.

- Quem o criou fui eu! - dizia a Morte. - Fui eu quem contribuiu com o barro!

- Fui eu! - gritava a outra. - Que farias tu sem a água, que amoleceu a lama?

E como nenhuma voz conciliadora as serenasse, resolveram, as duas, que cada uma tiraria da sua criatura a parte com que havia contribuído.

- Eu dei a água! - tornou a Dor.

- Eu dei o barro! - insistiu a Morte.

Abrindo os braços, a Dor lançou-se contra o monstro, apertando-o, violentamente, com as tenazes das mãos. A água, que o corpo continha, subiu, de repente, aos olhos do Homem, e começou a cair, gota a gota... Quando não havia mais água que espremer, a Dor se foi embora. A Morte aproximou-se, então, do monte de lama, tomou-o nos ombros, e partiu...

A Luz dos Mortos

Madrugada ainda, com os pássaros adormecidos nos ramos, a escolta abandonou a vila e pôs-se a caminho. Eram quinze homens, apenas, sob o comando de um sargento, conhecedores, todos, dos menores recantos daquelas paragens. Antigos sertanejos, arrastados um a um para a cidade pelo desejo de vestir farda, voltavam agora reunidos aos campos natais, com a missão de bater, no tabuleiro das campinas ou na garganta das serras, um forte agrupamento de bandoleiros.

Carabina ao ombro, fardados à vontade - uns de calça vermelha e camisa de riscado, outros de blusa de policial e calça arregaçada até o joelho, e todos, ou quase todos, descalços, - a escolta dirigiu-se, sem ordem de marcha, para a várzea das Pedras, onde os bandidos haviam aparecido na véspera. Das matas quietas subia, e espalhava-se, um cheiro forte de folhas machucadas, natureza virgem se martirizasse em um grande sonho voluptuoso. As sarças rasteiras, abrindo os cálices roxos em que a Noite se embebedara de orvalho, acordavam, úmidas, emergindo do labirinto das próprias ramas, polvilhadas de terra e de sereno.

Manuel Albino, o sargento que comandava a pequena força policial, era um desses tipos de sertanejo habituado às longas peregrinações pelo interior. Estatura mediana, cobreado pelo sol, pela vida ao ar livre, orçava pelos quarenta anos. O bigode, alourado e sem trato, fechava-lhe a boca forte, como se quisesse opor às palavras uma cortina de silêncio. Não se distinguia dos companheiros senão pela fita do braço, e naquelas marchas penosas, tão cheias de perigos a cada passo, era menos um chefe que um camarada.

Ao amanhecer, os soldados já haviam andado três léguas. Das margens da estrada arenosa voavam, rápidos, trilando, pequenos pássaros assustados. Aqui e ali, na mata ressuscitada, uma árvore morta sonhava com os encantos da vida, oferecendo ao sol, em cima, no espetro do último galho, o óbolo de uma flor humilde, cujo cipó se lhe agarrara ao tronco para ir dar, no alto, ao astro namorado, a cheirosa esmola daquele beijo. Insetos trilavam nas touceiras, e em tal quantidade, que, invisíveis, eram como se todas as folhas fossem de metal, e se friccionassem numa grande carícia dolorosa.

Em meio da várzea enorme, onde o dorso das pedras alvas, semeadas na campina verde, recordavam rebanhos pastando, os soldados acamparam.

- É preciso olho vivo, - aconselhou o sargento. - Eles devem andar de perto, e é bom que não nos apanhem de surpresa.

- Quer que eu vá reconhecer o terreno? - ofereceu-se uma das praças, o João Simeão, caboclo baixo e entroncado, que havia feito estágio no Exército e gostava de empregar, em serviço, os termos de técnica militar.

Meia hora depois, escondendo-se de pedra em pedra, arrastando-se, coleando, o caboclo regressava. Os bandoleiros, em número superior a vinte, haviam dormido na Pedra Grande, na outra extremidade da várzea, de onde, àquela hora, se preparavam para a retirada. Partindo imediatamente e levando boa marcha, a tropa ainda os apanharia em campo aberto, antes que penetrassem na caatinga, escondendo-se nas moitas, ou alcançassem o Serrote Preto, de onde ninguém os desalojaria.

Ao meio-dia, quando o sol, no meio do céu, devorava com os seus dentes dourados a sombra dos troncos, dos penedos e dos homens, a campina foi alarmada, de súbito, pelos primeiros tiros da escolta. Predispostos à morte, a lutar até o último alento de vida, os cangaceiros puseram-se em defesa, entrincheirando-se nas pedras. A tropa fez o mesmo, e começou a fuzilaria intensa, viva, desesperada, em que as balas dos soldados se cruzavam, rápidas, zunindo, com as cargas de chumbo dos cangaceiros.

A luta, em tais circunstâncias, dependia mais de Deus do que da habilidade dos homens. Cada pedra plantada no campo, era o escudo gigantesco de um combatente. E as balas, e os punhados de chumbo, achatavam-se estalando, nesses escudos, arrancando-lhes estilhaços ou fazendo voar, leves, pequenas nuvens de poeira.

O grupo dos bandoleiros era o de João Severino, antigo feitor da fazenda Água-Viva, nas fronteiras da Paraíba com o Ceará. Menino ainda, vivia João Severino com pai, no sítio dos Cajueiros, herança dos seus antepassados, quando o coronel Cazuza Rocha, fazendeiro vizinho, propôs a compra da pequena propriedade. O pai recusara o negócio, mas, como o coronel era poderoso, tomou-lhe a casa, a terra, a plantação e o gado miúdo que lá existia. Levado para a cadeia, o agricultor esbulhado morreu. A mulher morreu de mágoa, pouco depois. Com o ódio rugindo no coração, João Severino fizera-se homem, na Água-Viva. E era, já, feitor, homem de confiança da fazenda, quando uma noite, montou a cavalo e desapareceu. No dia seguinte, pela manhã, era o coronel Cazuza encontrado morto, no alpendre, tendo no peito, enterrada em toda extensão da lâmina, uma faca de ponta, cujo cabo, de prata lavrada, se viam as iniciais do antigo menino dos Cajueiros. Perseguido pelas autoridades, o rapaz reuniu uma dezena de homens decididos, depois outra, e ali estava, agora, no seu oitavo encontro com a polícia, depois de haver saqueado, durante dois anos e meio, várias coletorias do interior.

Escolhido pouco a pouco, O pessoal do bandoleiro era, todo, de primeira ordem. Dos vinte e dois homens que o compunham, nenhum deles, ali, pensava na morte. Atacar, matar, a tiro ou a faca, era a sua profissão natural. Não se tivesse a escolta abrigado nas pedras, e não teriam perdido uma bala de rifle ou um caroço de chumbo grosso. Descalços, ceroula amarrada na perna, camisa de algodão ordinário por cima da ceroula, chapéu de couro, ou de carnaúba, com barbicacho, era esse o fardamento da maioria. Batiam-se como leões, e morriam como cães. Para eles, só havia uma coisa vergonhosa no mundo: morrer em casa, na rede, sem deixar uma nódoa de sangue no chão. E era disputando um fim heróico, buscando, em uma bala, a morte gloriosa e invejada, que ali estavam, o joelho direito na terra, a cartucheira ou o polvarilho a tiracolo, a arma à altura do rosto, à espera de um ponto vulnerável do inimigo para atingi-lo na pontaria certeira.

Do lado oposto, não era menos vivo o interesse pela vitória. De rojo, com o queixo no chão e a carabina à altura do solo, o sargento disparava seguidamente contra os bandoleiros, que se dissimulavam a uns cinqüenta metros, por trás do seu grupo de rochas. E disparava, atento, o dedo no gatilho, quando uma bala, dirigida transversalmente, o apanhou de lado, varando-lhe o pulmão. Ferido de morte, a arma tombou-lhe das mãos com a última bala na agulha. Uma palidez repentina cobriu-lhe o rosto, acompanhada de estremecimentos leves, por todo o corpo.

Do esconderijo próximo, a dez metros, um soldado humilde, o Marciano, que defendia heroicamente o seu rochedo, assistia, aflito, ao epílogo daquela bravura. O seu coração de sertanejo, encostado ao da terra, palpitava contra ela. Seria possível que, a dez passos de distância, o seu companheiro, o seu comandante, o seu chefe, morresse naquela agonia, como um bicho, sem que alguém lhe pusesse na mão a luz de uma vela com que descobrisse, entre as trevas eternas, o misterioso caminho do céu? A arma esquecida na mão, olhos ansiosos, procurava em torno, na nudez gloriosa das coisas, solução para aquele desespero da sua alma. E, em torno, era a várzea deserta, verde, em que pedras, agora, lhe pareciam sepulcros abandonados. Perto, longe, adiante, em toda extensão da campina, apenas os cardos, de folhas chatas, lhe estendiam as mãos cobertas de espinhos. E, na rocha, por trás da qual se abrigava, o chumbo e as balas do inimigo, assobiando, zunindo, estalando.

De repente, esquecendo o inimigo, a vi da, tudo, para lembrar-se unicamente da salvação de uma alma, o soldado cingiu-se ainda mais estreitamente à terra, e começou a vencer, coleando, rasgando o peito no pedregulho, a cabeça encostada no solo, o espaço que o separava da outra pedra. Descoberto pelo inimigo, a fuzilaria aumentou na sua direção. Era, porém, já, tarde, pois que o espaço havia sido vencido.

A boca ensopada de sangue, o sargento agonizava. Marciano olhou em roda, e, diante da majestade da natureza piedosa, teve um gesto que redimia a miséria dos homens; ajoelhou-se ao lado do moribundo, arrancou do bolso uma caixa de fósforos, riscou um, e colocando-lhe nos dedos, ajudou-o, rezando, a morrer. Os olhos erguidos para o céu azul e imenso, todo ele voltado para Deus, as suas mãos sustinham entre os dedos ásperos do moribundo a pequenina chama vacilante. E, a voz angustiosa, todo possuído pela emoção, murmurava, lento, com todo ardor de sua fé, aquela oração que ouvira, tantas vezes, gemer à cabeceira dos agonizantes:

- Parte.. alma cristã... deste mundo... em nome de Deus Padre Onipotente... que padeceu por ti... em nome do Espírito Santo.. que sobre ti foi derramado... em nome dos Anjos e Arcanjos... em nome...

Na sua comoção religiosa o soldado esquecera-se, porém, de si mesmo. E não estava, ainda, no meio daquela oração de morte, em que se misturam a piedade e o terror, ao entregar a Deus, com os olhos na altura, a alma do companheiro, uma bala o apanhou também, certeira, atravessando-lhe a cabeça.

Duas horas depois a luta estava terminada com a fuga dos bandoleiros. E quando a pequena tropa legal se arregimentou para partir, os soldados encontraram, atrás de uma pedra, dois cadáveres, que seguravam, com os dedos hirtos, os restos do mesmo fósforo...

Olhos que Comiam Carne

Na manhã seguinte à do aparecimento, nas livrarias, do oitavo e último volume da História do Conhecimento Humano, obra em que havia gasto catorze anos de uma existência consagrada, inteira, ao estudo e à meditação, o escritor Paulo Fernandes esperava, inutilmente, que o sol lhe penetrasse no quarto. Estendido, de costas, na sua cama de solteiro, os olhos voltados na direção da janela que deixara entreaberta na véspera para a visita da claridade matutina, ele sentia que a noite se ia prolongando demais. O aposento permanecia escuro. Lá fora, entretanto, havia rumores de vida. Bondes passavam tilintando. Havia barulho de carroças no calçamento áspero. Automóveis buzinavam como se fosse dia alto. E, no entanto, era noite, ainda. Atentou melhor, e notou movimento na casa. Distinguia perfeitamente o arrastar de uma vassoura, varrendo o pátio. Imaginou que o vento tivesse fechado a janela, impedindo a entrada do dia. Ergueu, então, o braço e apertou o botão da lâmpada. Mas a escuridão continuou. Evidentemente, o dia não lhe começava bem. Comprimiu o botão da campainha. E esperou.

Ao fim de alguns instantes, batem docemente à porta.

- Entra, Roberto.

O criado empurrou a porta, e entrou.

- Esta lâmpada está queimada, Roberto? - indagou o escritor, ao escutar os passos do empregado no aposento.

- Não, senhor. Está até acesa..

- Acesa? A lâmpada está acesa, Roberto? - exclamou o patrão, sentando-se repentinamente na cama.

- Está, sim, senhor. O doutor não vê que está acesa, por causa da janela que está aberta.

- A janela está aberta, Roberto? - gritou o homem de letras, com o terror estampado na fisionomia.

- Está, sim, senhor. E o sol está até no meio do quarto.

Paulo Fernando mergulhou o rosto nas mãos, e quedou-se imóvel, petrificado pela verdade terrível. Estava cego. Acabava de realizar-se o que há muito prognosticavam os médicos.

A notícia daquele infortúnio em breve se espalhava pela cidade, impressionando e comovendo a quem a recebia. A morte dosWolhos daquele homem de quarenta anos, cuja mocidade tinha sido consumida na intimidade de um gabinete de trabalho, e cujos primeiros cabelos brancos haviam nascido à claridade das lâmpadas, diante das quais passara oito mil noites estudando, enchia de pena os mais indiferentes à vida do pensamento. Era uma força criadora que desaparecia. Era uma grande máquina que parava. Era um facho que se extinguia no meio da noite, deixando desorientados na escuridão aqueles que o haviam tomado por guia. E foi quando, de súbito, e como que providencialmente, surgiu na imprensa a informação de que o professor Platen, de Berlim, havia descoberto o processo de restituir a vista aos cegos, uma vez que a pupila se conservasse íntegra, e se tratasse, apenas, de destruição ou defeito do nervo óptico. E, com essa informação, a de que o eminente oculista passaria em breve pelo Rio de Janeiro, a fim de realizar uma operação desse gênero em um opulento estancieiro argentino, que se achava cego há seis anos e não tergiversara em trocar a metade da sua fortuna pela antiga luz dos seus olhos.

A cegueira de Paulo Fernando, com as suas causas e sintomas, enquadrava-se rigorosamente no processo do professor alemão: dera-se pelo seccionamento do nervo óptico. E era pelo restabelecimento deste, por meio de ligaduras artificiais com uma composição metálica de sua invenção, que o sábio de Berlim realizava o seu milagre cirúrgico. Esforços foram empregados, assim, para que Platen desembarcasse no Rio de Janeiro por ocasião de sua viagem a Buenos Aires.

Três meses depois, efetuava-se, de fato, esse desembarque. Para não perder tempo, achava-se Paulo Fernando, desde a véspera, no Grande Hospital das Clínicas. E encontrava-se já na sala de operações, quando o famoso cirurgião entrou, rodeado de colegas brasileiros, e de dois auxiliares alemães, que o acompanhavam na viagem, e apertou-lhe vivamente a mão.

Paulo Fernando não apresentava, na fisionomia, o menor sinal de emoção. O rosto escanhoado, o cabelo grisalho e ondulado posto para trás, e os olhos abertos, olhando sem ver: olhos castanhos, ligeiramente saídos, pelo hábito de vir beber a sabedoria aqui fora, e com laivos escuros de sangue, como reminiscência das noites de vigília. Vestia pijama de tricoline branca, de gola caída. As mãos de dedos magros e curtos seguravam as duas bordas da cadeira, como se estivesse à beira de um abismo, e temesse tombar na voragem.

Olhos abertos, piscando, Paulo Fernando ouvia, em torno, ordens em alemão, tinir de ferros dentro de uma lata, jorro d'água, e passos pesados ou ligeiros, de desconhecidos. Esses rumores eram, no seu espírito, causa de novas reflexões.

Só agora, depois de cego, verificara a sensibilidade da audição, e as suas relações com a alma, através do cérebro. Os passos de um estranho são inteiramente diversos daqueles de uma pessoa a quem se conhece. Cada criatura humana pisa de um modo. Seria capaz de identificar, agora, pelo passo, todos os seus amigos, como se tivesse vista e lhe pusessem diante dos olhos o retrato de cada um deles. E imaginava como seria curioso organizar para os cegos um álbum auditivo, como os de datiloscopia, quando um dos médicos lhe tocou no ombro, dizendo-lhe amavelmente:

- Está tudo pronto... Vamos para a mesa... Dentro de oito dias estará bom. .

O escritor sorriu, cético. Lido nos filósofos, esperava, indiferente, a cura ou a permanência na treva, não descobrindo nenhuma originalidade no seu castigo e nenhum mérito na sua resignação. Compreendia a inocuidade da esperança e a inutilidade da queixa. Levantou-se, assim, tateando, e, pela mão do médico, subiu na mesa de ferro branco, deitou-se ao longo, deixou que lhe pusessem a máscara para o clorofórmio, sentiu que ia ficando leve, aéreo, imponderável. E nada mais soube nem viu.

O processo Plateu era constituído por uma aplicação da lei de Roentgen, de que resultou o Raio-X, e que punha em contacto, por meio de delicadíssimos fios de "hêmera", liga metálica recentemente descoberta, o nervo seccionado. Completava-o uma espécie de parafina adaptada ao globo ocular, a qual, posta em contacto direto com a luz, restabelecida integralmente a função desse órgão. Cientificamente, era mais um mistério do que um fato. A verdade, era que as publicações européias faziam, levianamente ou não, referências constantes às curas miraculosas realizadas pelo cirurgião de Berlim, e que seu nome, em breve, corria o mundo, como o de um dos grandes benfeitores da Humanidade.

Meia hora depois as portas da sala de cirurgia do Grande Hospital de Clínicas se reabriam e Paulo Fernando, ainda inerte, voltava, em uma carreta de rodas silenciosas, ao seu quarto de pensionista. As mãos brancas, postas ao longo do corpo, eram como as de um morto. O rosto e a cabeça envoltos em gaze, deixavam à mostra apenas o nariz afilado e a boca entreaberta. E não tinha decorrido outra hora, e já o professor Platen se achava, de novo, a bordo, deixando a recomendação de que não fosse retirada a venda, que pusera no enfermo, antes de duas semanas.

Doze dias depois passava ele, de novo, pelo Rio, de regresso para a Europa. Visitou novamente o operado, e deu novas ordens aos enfermeiros. Paulo Fernando sentia-se bem. Recebia visitas, palestrava com os amigos. Mas o resultado da operação só seria verificado três dias mais tarde, quando se retirasse a gaze. O santo estava tão seguro do seu prestígio que ia embora sem esperar pela verificação do milagre.

Chega, porém, o dia ansiosamente aguardado pelos médicos, mais do que pelo doente. O Hospital encheu-se de especialistas, mas a direção só permitiu, na sala em que se ia cortar a gaze, a presença dos assistentes do enfermo. Os outros ficaram fora, no salão, para ver o doente, depois da cura.

Pelo braço de dois assistentes, Paulo Fernando atravessou o salão. Daqui e dali, vinham-lhe parabéns antecipados, apertos de mão vigorosos, que ele agradecia com um sorriso sem endereço. Até que a porta se fechou, e o doente, sentado em uma cadeira, escutou o estalido da tesoura, cortando a gaze que lhe envolvia o rosto.

Duas, três voltas são desfeitas. A emoção é funda, e o silêncio completo, como o de um túmulo. O último pedaço de gaze rola no balde. O médico tem as mãos trêmulas. Paulo Fernando, imóvel, espera a sentença final do Destino.

- Abra os olhos! - diz o doutor.

O operado, olhos abertos, olha em torno. Olha e, em silêncio, muito pálido, vai se pondo de pé. A pupila entra em contacto com a luz, e ele enxerga, distingue, vê. Mas é espantoso o que vê. Vê, em redor, criaturas humanas. Mas essas criaturas não têm vestimentas, não têm carne; são esqueletos apenas; são ossos que se movem, tíbias que andam, caveiras que abrem e fecham as mandíbulas! Os seus olhos comem a carne dos vivos. A sua retina, como os raios-X, atravessa o corpo humano e só se detém na ossatura dos que a cercam, e diante das cousas inanimadas! O médico, à sua frente, é um esqueleto que tem uma tesoura na mão! Outros esqueletos andam, giram, afastam-se, aproximam-se, como um bailado macabro!

De pé, os olhos escancarados, a boca aberta e muda, os braços levantados numa atitude de pavor, e de pasmo, Paulo Fernando corre na direção da porta, que adivinha mais do que vê, e abre-a. E o que enxerga, na multidão de médicos e de amigos que o aguardam lá fora, é um turbilhão de espectros, de esqueletos que marcham e agitam os dentes, como se tivessem aberto um ossuário cujos mortos quisessem sair. Solta um grito e recua. Recua, lento, de costa, o espanto estampado na face. Os esqueletos marcham para ele, tentando segurá-lo.

- Afastem-se ! Afastem-se - intima, num urro que faz estremecer a sala toda.

E, metendo as unhas no rosto, afunda-as nas órbitas, e arranca, num movimento de desespero, os dois glóbulos ensangüentados, e tomba escabujando no solo, esmagando nas mãos aqueles olhos que comiam carne, e que, devorando macabramente a carne aos vivos, transformavam a vida humana, em torno, em um sinistro baile de esqueletos...

O Poço dos Maridos

Fernandina Sobreira havia sido, até os vinte e três anos, uma das moças mais requestadas e formosas dos salões do Rio de Janeiro. Muito clara, cabelos castanhos, olhos suavemente azuis, porte mediano, nenhuma a sobrepujava nas maneiras, na elegância, na distinção e, principalmente, na graça de um sinalzinho petulante, que lhe dava ao rosto, na face esquerda, o retoque de uma brejeirice encantadora. Aquele sinalzinho era, podia-se dizer, o ponto final da formosura. Ao escrever o poema da beleza feminina, Deus havia posto, ali, a última palavra do derradeiro capítulo.

Os anos foram-se, porém, sucedendo, uns aos outros, como gotas da mesma clepsidra; e o certo é que, aos vinte e oito, a moça não havia encontrado marido. Amigas mais feias, ou, antes, menos bonitas, iam, uma a uma, recebendo o seu noivo, constituindo o seu lar, multiplicando o seu sangue; e ela, somente ela, de tantas que eram, lá se deixara ficar na casa de seu pai, cercada de admiradores, atordoada de lisonja, mas sem ver um homem que a convidasse, leal e sincero, para a constituição legal de um ninho em comum. A Belita Simpson, que não tinha os seus olhos nem o seu sorriso, havia encontrado o Dr. Mascarenhas, advogado estudioso e jovem, e lá andava pela Europa em passeio de núpcias, percorrendo as cidades, experimentando os climas, visitando os museus. A Alice Martins era, agora, mme. Lopes Taveira, arrastando pelo braço, nos salões e na Avenida, o grande médico seu marido. A Totinha casara com um deputado, e dava empregos, e a Tecla Meireles com um capitalista, e dava recepções. Só ela, que fora a mais graciosa, a mais elegante, a mais cobiçada, ali estava sozinha no seu leito de solteira, sentindo aproximar-se, após uma alvorada chilreante de pássaros, uma tarde triste, lúgubre, amortalhada em cinza e silêncio! Onde andava com a sua matilha e com os seus pagens o seu Príncipe Encantado, que não vinha, rápido, alarmando a floresta com as buzinas de caça, ao encontro da sua Princesa Adormecida?

Sem irmãs nem irmãos, que lhe dessem o conforto de uns sobrinhos pequeninos, Fernandina sentia-se oprimir, afogar, asfixiar, pelo instinto maternal do coração. O pai, alquebrado, não podia mais conduzi-la, com tanta freqüência, como dantes, a festas, a passeios, a teatros. Uma primeira ruga riscou-lhe a fronte lisa, partindo, como um fio telegráfico sem destino, o canto dos olhos. Combatida à força de loções, de ungüentos, de pomadas, multiplicou-se, dividiu-se, repartiu-se, abrindo novos caminhos para as lágrimas. E foi nessa idade, com o sol da mocidade em franco declínio, que Fernandina adormeceu e teve, uma noite, um sonho que a desiludiu.

Ao fechar os olhos, umedecidos em torno por uma loção que lhe haviam receitado, sentiu-se, de repente, transportada a uma grande campina, no fim da qual ressoavam harpas e citaras, que ela procurava e não via. Embevecida, olhava para o lado de onde lhe vinham aquelas vozes embaladoras, quando sentiu, de repente, que alguém lhe tocava no ombro. Voltou-se, assustada, e caiu de joelhos, gemendo:

- Minha madrinha! Minha madrinha! Amparai-me!

Ao seu lado, radiosa e doce, mal pisando a terra, sorria a imagem de Santa Rosa de Lima, sua madrinha e protetora, à qual havia rezado contritamente, aflitamente, antes de adormecer, pedindo a graça de um mando. Sorriso nos lábios, auréola à cabeça, mãos sobre o peito, a Santa Rosa fitava-a com ternura, quando, carinhosa, ordenou:

- Minha filha, vem...

E puseram-se a andar pela campina, uma ao lado da outra, mas tão leves, tão brandas, tão ligeiras, as duas, que nem pesavam sobre o relvedo orvalhado. Súbito, ouviram vozes. A planície havia desaparecido e Fernandina estava, agora, diante de um grande poço, em torno do qual se aglomeravam, apertando-se, empurrando-se, disputando, dezenas, centenas, milhares de moças. Espremendo uma, afastando outra, a rapariga chegou à beira do abismo, e viu: de dentro, saía, vagarosa, uma corda, puxada por um sacerdote, na qual vinha amarrado, de sete em sete palmos um homem, que as mulheres, em cima, recebiam debaixo de gritaria.

- Que é isso? - indagou, tímida, Fernandina, a uma desconhecida que lhe ficara ao lado.

- Então você está aqui, e não sabe?

E como percebesse a sinceridade daquela pergunta:

- Isto, aqui, é o Poço dos Maridos, o lugar de onde eles vêm. Essas moças que aqui vê, estão esperando cada uma aquele que lhe é destinado.

- E a senhora já encontrou o seu? - indagou Fernandina, admirada.

A outra baixou os olhos, e confessou:

- Não, senhora. Estou aqui há doze anos. Felizmente, ainda não perdi a esperança...

A rapariga ia rir da sua vizinha quando os seus olhos descobriram, do outro lado do poço, várias fisionomias amigas, debruçadas, todas, para o fundo insondável do abismo. Eram a Belita Simpson, a Alice Martins, a Dorinha Tavares, a Abigail Queiroz, a Ninita, a Mana da Graça, a Lúcia, a Vidinha, a Tude, a Graziela... E à medida que a corda subia, puxada incessantemente pelo sacerdote, desgarrava-se dela um homem jovem, ou velho, feio, ou bonito, a cujo pescoço pulava logo um vulto feminino, que nunca o tinha visto, mas que o esperava ansiosamente à beira do poço. E assim viu ela sair o Dr. Mascarenhas, o Lopes Taveira, o comandante Maia Cunha, o Dr. Casemiro Alves, o tenente Alberto Wellington, em cujos braços se atiraram, logo, a Belita, a Alice, a Tecla, a Totinha, a Maria da Graça, que lá se iam, felizes, pela campina, com os seus maridos...

De repente, Fernandina sentiu uma agitação íntima, um susto, uma inquietação deliciosa, uma espécie de pressentimento. Uma vontade de fugir, de esquivar-se, agitou-lhe os nervos, mas os pés a detiveram, autoritários, no mesmo lugar. Alguma coisa de grave, de inesperado, ia, necessariamente, acontecer. E estava ela nessa angústia, nessa tortura, encantada, quando a Santa, sua madrinha, lhe apareceu, de novo, anunciando-lhe:

- Minha filha, olha para o fundo do poço. Teu noivo, o homem que te é destinado para marido, está para chegar. É o oitavo, depois deste, que saiu agora.

O ímpeto de Fernandina foi o de atirar-se à Santa, abraçando-a, apertando-a, cobrindo-a de beijos gulosos, de furiosa gratidão. Era preciso, porém, olhar para o fundo do poço, e receber com os olhos, de longe, o seu prometido; a ansiedade dominou-a, curvando-a sobre o abismo. Debruçada para dentro, contou os vultos que se divisavam agarrados à corda:

- Um... dois... três... quatro... cinco... seis... sete... oito...

Era aquele. De longe, na meia escuridão, não lhe podia divisar as feições nem avaliar a idade. O coração batia-lhe, inquieto, sôfrego, descompassado. Um suor frio corria-lhe por todo o corpo, numa vertigem. As pernas tremiam-lhe, mal sustentando o peso do busto, amparado ao muro do poço. A manivela continuava, porém, a rodar, manejada pelo padre, e a corda a subir, trazendo gente. Agora, faltavam apenas quatro. Ele era o quinto. Apesar da penumbra, Fernandina via-lhe, já, as feições. Era jovem, sim! Jovem e bonito. Na sua coqueteria instintiva a moça levou as duas mãos ao cabelo, afofando o penteado. Mais um movimento da manivela e a claridade exterior atingiu-o. Chicoteado pelo jato de luz o rapaz ergueu o rosto, e encontrando, em cima, os olhos dela, encarou-a, e sorriu. Fernandina quase desmaia, de gozo, de prazer, de ventura. Toda ela era alvíssaras de carne, alvíssaras de nervos, alvíssaras de coração Agora, ele era o segundo. Olhos nos olhos, embebidos um no outro, as suas mãos já se tocavam, quase. Fernandina sorria e chorava. Mais uma volta da manivela, e estaria ele nos seus braços. Esperava, como se fosse um século, a passagem desse grão de areia na ampulheta da eternidade, quando um grito reboou, alarmando a multidão.

- Fujam! Fujam! - avisou alguém.

A massa humana recuou, espavorida, deixando Fernandina, sozinha, à beira do poço.

- A corda vai partir-se! - bradou a mesma voz, com terror.

Atordoada, a moça, voltou-se, e viu. Um pouco acima da sua cabeça, no ponto que passava pelo carretel, o cabo desfiava-se, rápido, ameaçando romper-se. Soltando um grito, a rapariga estendeu as mãos, aflita, louca, desesperada, para o fundo do poço. Era, porém, tarde. Rodopiando com o peso, o cabo se havia destorcido de repente, estalando num ruído seco, atirando, com um estrondo surdo, a sua carga humana no fundo do abismo!

Um grito de raiva, de angústia, de dor alucinante, alarmou, àquela hora da noite, a família Sobreira. Pessoas da casa acorreram, em trajes de dormir.

Curvada para fora do leito, os braços estendidos para o chão, o rosto lavado de lágrimas, Fernandina chorava nervosamente, aflitamente, agoniadamente, no seu primeiro ataque de histeria.

O Seringueiro

I

À semelhança de um inseto minúsculo e amedrontado que se refugiasse na base um penedo, fugindo a inimigos invisíveis mas certos, a povoação de Graça, com a sua capela, e a sua dúzia de casas, repousa, há mais de um século, no sopé da Ibiapaba. Às três horas da tarde, quando o sertão imenso, para os lados da Meruoca, ainda fulgura iluminado, já está ela mergulhada no seu manto cinzento, preparando-se para o descanso da noite. É que o sol, descendo por trás da serra cortada a pique, projeta sobre aquela parte do sertão a sombra larga da montanha, como se Deus a quisesse esconder, antes das outras povoações cearenses, contra os incontáveis perigos da terra e do céu.

Foi nesse pequeno recanto sertanejo que o Joaquim Lucrécio, partindo das margens do Acaraú, onde era lavrador, se deteve em 1878. O seu objetivo, de quem fugia ao flagelo que tudo devastava, era alcançar a Serra Grande por uma das ladeiras de Leste. Ao chegar, porém, às proximidades da encosta, caiu a primeira chuva. O Jaibara encheu, arrastando na descida detritos de árvores e ossadas de animais. E como a esperança de fartura voltasse ao coração dos homens, o retirante recebeu um convite para o serviço e levantou, à margem do rio, a pequenina casa de palha para abrigo da mulher e dois filhos, o João e a Carolina, que a morte poupara no êxodo.

Foi aí, sob a proteção da serra enorme e verde, que os dois irmãos se criaram, apurando a coragem nas lições da natureza e na áspera vida de privações. Enquanto a velha mãe gemia, entrevada, sobre a esteira de carnaúba estendida no chão de barro batido, e o pai, tostado pela soalheira e curtido pela miséria, procurava trabalho nas fazendas vizinhas, ia a menina à cacimba, no leito seco do rio, com o pote à cabeça, buscar a água para os serviços domésticos, ao mesmo tempo que o irmão, mais velho que ela dois anos, cortava, em companhia de outros da sua idade, as folhas tenras das carnaubeiras para extração de cera e aproveitamento das palhas na confecção de chapéus.

Assim cresceu a Carolina. Assim cresceu o João.

II

Aquela vida de penúria, em que se sucediam, às vezes, os dias em que o sustento de cada pessoa se limitava a um punhado de farinha e a um pequeno pedaço de rapadura, não podia, porém, perdurar sem protesto. Carolina tornava-se moça. Morena e pálida, opilada pela alimentação deficiente, possuía, contudo, os traços finos, delicados, do mameluco originário, em que predominavam, no entanto, as características da raça branca. Andava pelos quinze anos e não parecia ter mais de treze. Apenas, traindo a idade, os seios se lhe avolumavam opulentos, como uma árvore tenra que concentra toda a seiva destinada ao tronco no esplendor e na glória dos frutos. Os cabelos, cor de mel, apertados em trança descuidada, punham-lhe à mostra a testa bem feita, desenhando-lhe, ao mesmo tempo, a correção da cabeça pequena. Os olhos negros, pareciam mais negros na esclerótica acentuada pela anemia e os dentes mais alvos através dos lábios descorados pela miséria. Não fosse o vestidinho sujo e roto, de riscado grosseiro, e dir-se-ia uma dessas antigas imagens da Virgem, que tivesse permanecido sepultada durante séculos e perdido, ao contato da terra, a alvura fresca do marfim. O irmão, planta agreste do mesmo terreno pobre, desenvolvia-se com a mesma lentidão. Lia-se-lhe, entretanto, nos olhos pequenos, de luz concentrada, não a mesma resignação, mas o desejo incontido de romper as cadeias que o prendiam à terra madrasta, e partir pelo mundo em busca de pão, de dinheiro e de felicidade.

E esse dia chegou. Tinha ele dezessete anos quando soube, no Graça, que se achava no Pacujá um paraoara, um cearense enriquecido no Amazonas, o qual estava contratando trabalhadores para o serviço de seringal. O primeiro pensamento do sertanejo foi correr à casa, pedir licença ao pai, e abraçar a irmã e a velha mãe entrevada. Refletiu, porém, rapidamente. Se fosse pedir o consentimento paterno certamente não o obteria. O velho sentia-se doente, acabado. E com a convicção da morte próxima, não admitiria, naturalmente, que faltasse à companheira, e à filha moça, o único arrimo com que elas poderiam contar. Seria melhor, pois, não tornar mais à casa, e partir sem o consolo, a dor e os riscos da despedida. No regresso, com o dinheiro economizado, redimiria, com a fartura no lar humilde, o pecado de ingratidão.

Partiu, assim, a pé, viajando à noite, para o Pacujá. Apresentou-se ao paraoara e foi aceito. Três dias depois chegava a Camocim, onde o esperava o navio. Dois dias rolou no convés da proa, sacudido pelo balanço do mar. No terceiro surgiu-lhe no fundo de um estuário coalhado de navios uma cidade enorme, com os seus trapiches de mil pernas avançando sobre a água e as suas torres espetando o céu baixo, como chaminés de navios imensos, formados desde o porto pelas casas de três andares. Era Belém, o Pará. Outro navio pequeno, um "gaiola", achava-se, porém, à espera dele e dos companheiros. Uma barcaça levou-os, amontoados, como gado humano, de um para outro. E a viagem, agora por um rio, continuou. Do segundo dia em diante o "gaiola" começou a parar de quinze em quinze minutos, ou de hora em hora, atracando a pontes ligeiras, em que embarcava bolas de borracha, e desembarcava sacas e caixas de mercadorias. Dia e noite a mesma faina. Até que, uma noite, por volta das duas horas, todo o pessoal vindo com o paraoara teve ordem para preparar-se, a fim de desembarcar. Um apito na curva do rio e, em breve, aparecia uma pequena luz no alto de um barranco, dominando uma frágil ponte de tábuas. Sombras imprecisas moviam-se na sombra.

- Salta, gente! gritou o agenciador.

Sessenta e dois homens tristes, macerados pela viagem e pelos sofrimentos na terra do berço, desembarcaram, trazendo à mão, à cabeça, ou ao ombro, o seu saco, a sua trouxa, o seu baú.

E João Lucrécio estava entre eles.

III

Oito anos decorreram, acumulando-se sobre esse dia ou, antes, sobre essa noite. Confiado a outro seringueiro, veterano na faina, para que o iniciasse na extração do antigo ouro negro, o rapazola do Graça sentiu, logo nos primeiros dias, o inominável suplício do arrependimento. As estradas de seringueira que lhe haviam sido destinadas ficavam em plena selva, longe dois dias do barracão. Para moradia, encontrara, já, a barraca de palha, com soalho de troncos de palmeira, rachados ao meio. Fora, ao lado da barraca, a pequena latada para a defumação da borracha, e que lhes servia, ao mesmo tempo, de cozinha. Próximo, rolava, o rio, para baixo, as suas águas escuras, deslizando entre duas paredes de vegetação compacta, de que se desgarravam caules de açaizeiros, como braços de condenados que, atravessando as grades de suas células, pedissem perdão ou socorro. E em torno à barraca humilde, sufocando-a, asfixiando-a, comprimindo-a, a mata imensa, ameaçadora, impenetrável, o tronco encostado ao tronco, a fronde presa à fronde, e os cipós amarrando tudo em um verde feixe compacto, no qual a estrada para o centro se abria pequena, estreita, insignificante como um buraco de rato na majestade de um muro.

Às três horas da manhã o companheiro levantava-se, empurrava a porta de esteira, empunhava o búzio, e um rugido de dor, de angústia, de saudade, cortava a solidão silenciosa. Outro búzio, ao longe, respondia, na mesma queixa resignada. E outro, ainda mais distante. Eram os galés daquele presídio, vasto como um mundo, que se comunicavam sem, às vezes, se conhecerem, dando a notícia de que ainda viviam. E o silêncio caía em seguida, sepultando, de novo, centenas de homens vivos.

Preparando o café, ingerido às pressas com farinha ou bolacha, tomava cada um o seu lampião de querosene, o facão, a machadinha, e penetrava a estrada de Seringueiras, abrindo no coração da selva espessa o olho vermelho do farol. Ao chegar a uma das árvores cuja posição determinava as oscilações da vereda ziguezagueante, - árvore mártir, sangrada mil vezes, durante anos seguidos, desde as raízes até a maior altura do tronco, seis ou oito metros acima do solo - o seringueiro subia os "mutás" ou giraus superpostos, indo lá em cima golpear a casca rugosa e o cerne generoso, que logo lhe respondiam jorrando o seu leite. Fixadas, sob os golpes, as tigelinhas de folha, o homem descia, e continuava, silencioso como um fantasma, o seu caminho. Surpreendia-o nessa peregrinação a madrugada. Encontrava-o o sol, de que ele tinha notícia apenas pela claridade doce que se coava pela copa das árvores, cuja vastidão lhe impedia a vista do céu. Às onze horas, enfim, o seringueiro desembocava outra vez, pelo lado oposto da estrada, diante da barraca. Almoçava o feijão preparado na véspera. E reiniciava a romaria da madrugada, recolhendo num grande frasco de folha, no "boião", o leite recebido pelas tigelinhas, que ficavam junto às próprias árvores para o trabalho do dia seguinte. À tarde, chegava à barraca, defumava o leite, preparava a borracha. E posto ao fogão o feijão e o pedaço de carne seca ou de caça apanhada casualmente durante o dia, deitava-se, fatigado, na rede macia, suja, ouvindo a orquestra imensa, constituída por todas as vozes da natureza, que o insultavam, e o vaiavam, e o desafiavam, da sombra das folhas, da cavidade dos troncos, do cimo das árvores, da margem do rio - no coaxar dos sapos, no zumbir dos insetos, na reza do vento, no estalido dos galhos, no rugido das onças, acordadas para comer...

IV

Ao fim de oito anos de trabalho heróico e de economias desesperadas João Lucrécio solicitou a sua conta ao patrão. Tinha de saldo na casa nove contos de réis. Pediu uma ordem para lhe ser paga essa quantia no Pará, e embarcou no primeiro "gaiola". Viera menino, e voltava homem. Não era mais o mesmo, nem de figura, nem de alma. A natureza bárbara afeiçoara-o de novo, modelando-o à sua imagem. À tez queimada do caboclo do nordeste substituiu a amarelidão doentia, e opilada, dos que vivem na sombra. Um bigode alourado e grosseiro completava-lhe a fisionomia, que uma cicatriz aberta pela unha de uma onça encontrada certa manhã no seu caminho, modificara profundamente.

Ia, enfim, rever o seu Ceará, e, nele, o seu pai, a sua mãe, a sua irmã, aos quais nunca enviara a mais ligeira notícia. E perguntava a si mesmo:

- Viverão todos ainda?

Se alguém lhe pudesse responder, ter-lhe-ia dito que o seu sonho era vão. A mãe, a velha Rosminda, morrera pouco depois da sua partida, não de mágoa, porque em seu coração não havia mais lugar para o sofrimento, mas de miséria e de fome. O pai falecera mais tarde, vitimado pelo veneno de uma cobra, que o surpreendera na limpa de um roçado alheio. Não, porém, sem ter visto, na vida, a sua filha mais ou menos amparada, pois que a casara com o Vicente Monteiro, um rapaz das bandas do Cariré, que possuía, de seu, algumas cabeças de gado, a casa de taipa e um roçado de milho. Homem pobre, mas trabalhador e honrado.

Ao desembarcar em Camocim, João Lucrécio soube, logo, pelas pessoas que foram a bordo procurar serviço da estiva ou no desembarque de bagagens, que a seca lavrava, intensa, em todo o sertão. E se ninguém lhe desse a notícia, ele tê-la-ia adivinhado pelo movimento da pequena cidade marítima, arranchada sob as árvores da rua da frente, patenteando na fisionomia e na nudez toda a extensão do seu infortúnio. Intimamente, porém, rejubilou. A sua chegada, era, agora, oportuna, pois que levava, no dinheiro que lhe enchia o bolso, a saúde, a fortuna, a alegria. E imaginava, com volúpia íntima, o que seria o contentamento na casinha das margens secas do Jaibara, quando ali chegasse com as suas quatro malas pregueadas, e mostrasse à mãe entrevada, ao pai envelhecido, à irmã bonita, e ainda moça, os cortes de fazenda, as sandálias de couro, os brincos de plaqué, os lenços de cambraia vistosa, os trinta presentes, em suma, que lhes trazia. E ainda mais quando apalpassem o dinheiro, as cédulas de quinhentos, de duzentos e de cem mil réis, que eles, por lá, jamais tinham visto.

João Lucrécio desembarcou para um hotel, em frente, mesmo, ao trapiche a que atracara o vapor. Pela madrugada, tomava o trem, com passagem para a estação de Cariré. Às nove horas estava em Granja. Ao meio-dia em Sobral. E às três horas na pequena vila onde pretendia saltar, afim de arranjar condução para o Graça. Ao verem sair do carro a sua bagagem rica, e a sua figura de paraoara feliz, os retirantes que se abrigavam nas vizinhanças da estação cercaram-no, pedindo-lhe uma esmola, a mão estendida. O choro de vinte vozes, em que misturava a das mulheres, a dos velhos e a das crianças, era como uma reza alta, que se avolumava a cada instante. O seringueiro deu alguns níqueis, e procurou sair dali, naquela mesma tarde.

- Quer me comprar um cavalo e dois burros, moço? - indagou um fazendeiro que pretendia desfazer-se do que possuía, antes que a seca lhe matasse o que ainda restava.

- Quanto quer?

Feito o preço, João Lucrécio adquiriu os três velhos animais. E como se lembrasse ainda dos caminhos, e preferisse, para efeito da surpresa, viajar sozinho, mandou por as malas sobre os muares, e montando no cavalo de sela, tocou-o sertão a dentro, e partiu.

V

O sertão estava, então, todo seco, sem a sombra de arvoredo ou vestígio dágua, entre o sopé da Ibiapaba e a linha da Estrada de Ferro. Na quietude da tarde, João Lucrécio sentia isso. Ao fundo, no horizonte, a serra azulava, como se corresse para ele, tão perto lhe parecia, na atmosfera sem vapores. De um lado e de outro do caminho, os mofumbos e marmeleiros agrestes estavam reduzidos a talos comburidos, como um tabocal após a passagem do fogo. A noite caía lenta, envolvendo tudo, como um sudário imenso, lançado sobre a terra pela piedade divina. O céu, estrelado e baixo, parecia a cúpula enorme da tenda suntuosa de um poderoso rei oriental. As estrelas luziam tanto, e pareciam tão próximas, que iluminavam a estrada. Uma coruja começou a gargalhar à pequena distância, no galho em cruz de uma árvore morta. João Lucrécio persignou-se, arrepiado. Lembrou-se que nunca fizera isso no Amazonas, porque, por lá, mesmo nas horas de medo, nunca se lembrara de Deus. O cavalo e os burros resfolegavam, sopravam forte, quebrando a serenidade da noite. Grilos ziniam, insistentes. E ele, vivo, marchava, a passo, como um fantasma, pela tristeza dos caminhos mortos.

Em certo momento divisou, porém, à margem da estrada, uma casa humilde, sem luz. Resolveu fazer alto ali, para continuar a viagem pela manhã. Aproximou-se tocando o cavalo na frente, puxando os muares pelo cabresto.

- Ó, de casa! - chamou.

A porta de madeira tosca abriu-se timidamente, e uma figura humana desenhou-se na meia escuridão.

- Boa noite! - saudou o paraoara.

- Deus lhe dê boa noite - respondeu uma voz de homem.

- Seria possível, amigo, eu passar a noite aqui, para seguir de madrugada?

- Se quiser, pode; mas, como o senhor sabe, por aqui não tem água nem p'ra bicho, nem p'ra gente.

- Isso é o menos - atalhou João Lucrécio, apeando-se. - Eu trago ração de milho e uma borracha com água. O que eu quero é só licença para ficar.

Meia hora depois, na salinha da casa pobre, ceava o paraoara o rancho comprado em Sobral: um pedaço de carne, farinha, um quilo de bolacha, uma lata de sardinha e uma garrafa de vinho. Ao lado dele, junto ao tamborete improvisado em mesa, o dono da casa um caboclo de musculatura forte, escaveirado, acompanhava-o na refeição, a que se associava a mulher, esquelética, em cujos olhos afundados nas órbitas luziam a dor e a fome. Em poucos instantes o pequeno farnel foi todo devorado. E como se sentissem, todos, por um momento, felizes, o seringueiro pôs-se a falar, com a indiscrição alegre da meia embriagues.

- O senhor não é mesmo daqui.. - aventurou o dono da casa, atordoado também pelo vinho que aceitara dó hóspede, e que começava a atuar sobre a sua debilidade.

- Não, senhor - informou o paraoara - Eu sou do Rio Grande do Norte. Vim por aqui para passear... Fui p'ra

Amazonas e fui feliz. Ganhei um dinheirinho, e agora vim ver isto por aqui... Quero ver se compro alguma fazenda barata, lá para o pé da serra...

E, jovial, por efeito do álcool, e, não menos, por vaidade, para escandalizar a miséria alheia:

- Dinheiro é que não falta!

E arrancou do bolso um forte maço de cédulas, capeado por duas de quinhentos mil réis, que passou às mãos trêmulas do sertanejo e da mulher, que as examinaram, piscando.

Em seguida, os donos da casa armaram, mesmo na sala humilde, a rede do hóspede. Desejaram-lhe boa noite, e recolheram-se, pensativos, para o fundo da cabana. Voava-lhes no cérebro o bando agoureiro pensamentos sinistros, que nenhum dos tinha coragem de confessar ao outro.

VI

Qual dos dois falou primeiro, não se poderia, talvez, descobrir. E ainda menos o que teria primeiro lembrado ao outro o insulto que constituía, perante Deus, a presença, ali, daquele estranho, tão despreocupado e tão rico, precisamente no dia em eles, tendo perdido todos os haveres, representados pelo gado morto de sede e pelo roçado destruído na fogueira do sol inclemente, pretendiam abandonar, a pé, aquelas terras adustas, afim de se unir em Sobral aos milhares de retirantes que viviam da caridade pública. A verdade é que, cerca de meia-noite, quando se não ouvia na cabana escura senão o roncar compassado do viajante e, lá fora, em torno à casa, o chocalho dos animais por ele trazidos, os dois, marido e mulher, penetraram, pé ante pé, na sala pequena. Um baque surdo, e fofo, um gemido abafado, um barulho de líquido em jorro, estremecimentos de um corpo que cessa de viver, e foi tudo. Minutos depois a enxada do antigo lavrador cavava, na escuridão da noite, atrás do curral vazio, uma cova estreita e rasa. E nela desaparecia, para sempre, com a rede em que adormecera, o paraoara feliz. Tiradas as peias dos animais, foram estes espantados para longe, afim de afastar suspeitas, se estas surgissem. Acesa uma vela de carnaúba, contaram os dois, de mãos sôfregas, no interior da casa, o dinheiro encontrado nos bolsos do assassinado. Havia quatro contos e duzentos mil réis.

Vamos ver a bagagem, - convidou o marido, com tremores na voz, como quem começa a despertar de um sonho terrível.

Abertas as malas foi examinado, às pressas, o que nelas havia. Cortes de chita, espelhos, anéis, broches baratos, vidros de perfume, pentes, miudezas para presentes humildes.

E latas de conservas, e doces. E roupas novas, algumas não vestidas ainda. De repente, no meio de tudo, um papel, uma conta, que talvez esclarecesse a identidade do morto.

- Lê tu, que sabes, - pediu o caboclo, passando a conta à mulher.

A sertaneja soletrou o primeiro nome. Soletrou o segundo, até o meio. Os lábios tremiam-lhe, como uma flor murcha acossada pelo vento. O papel caiu-lhe da mão, e a vela depois, apagando-se. E foi no escuro que ela, o estupor estampado na face, se atirou ao pescoço do companheiro.

- Vicente, meu marido da minh 'alma! - exclamou.

E agarrada ao esposo, num grito de desespero, os olhos escancarados na treva:

- Era... meu irmão!...

A Noiva

Após um dia de trabalho intenso, consumido no manuseio de velhos volumes adquiridos nos alfarrabistas para uma obra erudição, o poeta Silvestre de Morais vira desabrochar nas alturas, através da janela aberta, as primeiras estrelas daquela da noite de verão. Fora, no jardim, as árvores repousavam, imóveis, como se rezassem, mudas, preparando-se para adormecer. De espaço a espaço, um morcego cortava com a lâmina da asa o manto espesso da noite, como um pequenino aeroplano sinistro que se exercitasse, rápido, em funambulescos vôos de fantasia.

Com os dedos da mão esquerda mergulhados nos cabelos revoltos, o poeta lia, debruçado sobre o volume, à luz da lâmpada suavemente velada, aquelas histórias de fogo e de sangue, quando, de repente, os seus olhos se contraíram diante de uma surpresa. Abaixou mais a cabeça, escancarou mais o livro, e viu: entre as duas páginas abertas, fulgia, como um risco de ouro, um fio de cabelo, brilhante, fino, quase imperceptível. Encantado com a descoberta, o sonhador arrancou-o, com a ponta de um alfinete, do esconderijo em que o tempo o sepultara, estendeu-o, cuidadoso, ao comprido da página lida, e quedou-se a olhar aquela réstia de luz cristalizada, admirando-lhe a maciez, o brilho, a delicadeza.

- De onde teria vindo aquele misterioso raio de sol? Como teria caído ali, entre as páginas daquele volume de tragédias? Que cabeça feminina se teria curvado sobre aquelas folhas tenebrosas que reviviam, passados tantos séculos, os mais terríveis dramas de amor?

Meditava assim o poeta, com os olhos fitos no faiscante fio de ouro, quando as suas pálpebras se cerraram, tocadas pelas mãos invisíveis do sono. E, como sempre acontece aos que sonham sem dormir, o sonho, continuou, no sono, o encanto da realidade.

De olhos fechados, Silvestre de Morais continuava, por isso, a ver, como se os tivesse abertos, o dourado fio de seda. Olhava-o e, não sabe como, via-o, aos poucos, crescer, desdobrar-se, multiplicar-se. Intrigado, fitou melhor o raiozinho fulgurante, e recuou, com espanto. Agora não era mais o livro, o que via: em lugar da página amarelecida, o que lhe aparecia, cortado pelo cabelo de ouro, era um rosto feminino muito pálido, muito triste, macerado, como o das monjas. Atentou melhor, e viu, mais detidamente: diante dele, olhos em lágrimas, cabelos de ouro esparsos pela fronte úmida, havia uma mulher, jovem e linda, que lhe pedia, as mãos estendidas:

- Meu senhor, eu venho buscar, convosco, a salvação da minh'alma. Há dois séculos espero, ansiosa, esta hora, este momento, o volver desta página, de que dependeu, até hoje, a minha felicidade. O meu destino está, neste instante, nas vossas mãos. E, por Deus, sede generoso!

Atônito, maravilhado, sem compreender aquela aparição subitânea, Silvestre olhava, com a interrogação nas pupilas, a visão dolorosa, como a pedir-lhe, em silêncio, a explicação do mistério. Faces em lágrimas, olhos súplices, a moça adivinhou a inquietação, porque, de pronto, lhe explicou, estendendo para ele, como dois lírios de oratório, as mãos pequeninas e pálidas;

- Tende piedade do meu infortúnio, meu senhor! Para que servirá, tão humilde, entre vossos dedos, esse fio de cabelo? Dai-mo, pois que me dareis, com ele, a minha salvação!

Insensibilizado pela surpresa, e, não menos, pela graça triste daquela aflição infantil, o poeta quedou-se, imóvel, sem uma palavra de recusa ou de assentimento. E foi diante da sua insensibilidade que a visão maravilhosa lhe contou, sem conter as lágrimas nem recolher as mãos de pétala murcha, a história da sua infelicidade e o segredo da sua angústia.

- Eu sou uma noiva que paga, meu senhor, num castigo que se eterniza, o tributo da sua ventura passageira. Meu noivo era um poeta, como vós. Um dia, líamos, os dois, como Paolo e Francesca, o livro que tendes em mão, quando um fio do meu cabelo voou, indiscreto, e pousou nos seus dedos. Galanteador e apaixonado, ele o levou aos lábios, beijou-o, e como nos chamassem do jardim onde líamos à claridade do crepúsculo, ele marcou, com o fio imprudente, a página do livro que nos encantava. No dia seguinte, porém, meu noivo adoeceu, e morreu, sem que eu o visse. Amedrontados com a sua morte repentina, os seus parentes dispersaram os seus móveis, as suas roupas, os seus livros, distribuindo-os pelos pobres. E, entre os volumes atirados ao oceano do mundo, foi esse que se acha, hoje, em vosso poder.

- Continua... Continua... - pediu o poeta, pálido, com tremores nas mãos tateantes.

- Anos depois, - prosseguiu a visão, nervosa, aflita, precipitando as palavras, - anos depois, eu, por minha vez, morri e fui, pelos anjos, levada à presença de Deus misericordioso. Era pura e havia, na terra, espalhado pelos humildes, pelos simples, pelos pobres, as flores do meu coração. O Senhor fitou-me, porém, severo, e perguntou onde estava um dos fios do meu cabelo. E como lhe contasse como o perdera, ele me fulminou com a sentença terrível: eu só entraria na mansão do eterno repouso, da perfeita bem-aventurança, no dia em que voltasse com o fio desaparecido; porque, nenhuma virgem é digna de viver entre os anjos, gozando as doçuras do paraíso, tendo deixado nas mãos de um homem um fio, que seja, do seu cabelo!

- E por que não te apoderaste dele há mais tempo? - indagou, mais tranqüilo, o poeta.

- Não foi possível, meu senhor. Há duzentos anos, quase, eu acompanho a marcha deste livro. Durante oitenta anos fiquei a seu lado, em uma biblioteca, esperando que alguém o pedisse, o abrisse, libertando o fio do meu cabelo. Ninguém o pediu, ninguém o abriu, ninguém o leu. Atravessei com ele o mar. Vi-o em várias mãos, sem que alguém, entretanto, folheasse a página de que dependia o meu destino. Sois vós o primeiro. Se, depois, recusardes o que vos suplico, morrerá, para mim, a última esperança de paz e libertação!

E torcendo as mãozinhas murchas, pálidas, como duas flores de cera:

- Tende piedade, meu senhor! Dai-me o fio do meu cabelo!

Comovido, abalado pelo espetáculo daquela angústia, Silvestre estendeu-lhe, na ponta dos dedos, o raiozito de sol pedido com tanta sofreguidão, com tanta doçura, com tanta insistência, pela visão dolorida.

- Toma. Leva-o... - disse, entregando-lho.

Com o vento fresco da madrugada, o poeta acordou. Olhou o livro aberto, sobre o qual pousava, ainda, espalmada, a sua mão emagrecida. Procurou o fio de ouro, que vira marcando a página, antes de adormecer. Não o encontrou.

O vento, com certeza, o havia levado...

O Furto

A floresta imensa, de árvores augustas e seculares, chegava até à margem do rio quando os primeiros colonizadores, fazendo ressoar o machado nos troncos enormes, ergueram aí a primeira barraca de seringueiro. E pouco a pouco, investindo contra a selva soturna e impenetrável, foi o homem avançando contra a muralha verde, até fixar naquelas brenhas o marco da primeira cidade.

Agora, não era mais o casebre isolado. Alinhados à beira do rio largo e profundo, as casas de negócios e de moradia, comprimidas entre a floresta e a água, eram como ovelhas escuras de um pequeno rebanho, trazidas a beber na torrente por uma legião de gigantes desgrenhados. E entre essas casas, humilde no meio das mais humildes, estava a do Zeferino, caboclo de trabalho, que passara seis meses na pesca do pirarucu e outros seis no alto sertão, na faina dos castanhais.

A cidade pequena ressonava, quieta, naquela noite sem lua, quando o caboclo, descalço, torcendo as mãos vigorosas e ásperas, apareceu à porta escura do casebre. Era um homem baixo, grosso, de tez cobreada cabelos lisos e bigode ralo, tipo inconfundível do índio domesticado. Os olhos, vivos e pequenos, luziam-lhe nas órbitas como vagalumes escondidos nas folhas. Vestia camisa grosseira, de algodão, encardida pelo tempo, a qual lhe descia, até, quase, ao joelho, cobrindo, em parte, a ceroula do mesmo pano. Diante dele, o rio, silencioso, multiplicava-se em claridades, refletindo a abóbada inteira em cada escama do dorso. E, em cima, na altura, O espaço picado de estrelas era uma enorme orgia de luz, como se os anjos tivessem acendido naquela hora, num impiedoso desafio à sua miséria, as mais remotas lâmpadas do firmamento. Na margem, beirando o mistério das águas, velavam, como ciclopes, com o seu olho fixo, os lampiões da iluminação pública. Enfileirados ao longo da primeira rua do lugar, as suas gotas de luz, tristes, mortiças, imóveis, faziam pensar em pequenos astros cristalizados na terra, ou em grandes lágrimas de titãs tombadas soturnamente do céu.

Na quietude daquela hora de assombros, afugentando ou convocando os demônios da treva, coaxavam os sapos, martelando, monótonos, na bigorna do silêncio. Nas moitas úmidas, de onde partiam, confundindo-se tantas vozes anônimas, os pirilampos eram como as centelhas dessa oficina monstruosa, onde os batráquios batiam, talvez, a couraça de ouro do sol.

A noite corria, assim, profunda e calma, suando orvalho pelos poros da terra, na dor ignorada do seu parto, quando a figura do caboclo se desenhou, como uma grande mancha cinzenta, na mancha escura da porta. Desenrolava-se no seu espírito, naquele momento, uma das grandes tragédias da consciência. É que, dentro, na casa modesta, no refúgio doloroso da sua miséria, agonizava o seu filho pequeno, o qual ia morrer, talvez, com sacrifício da sua alma inocente, no horror da escuridão!

Ao regressar do trabalho nos castanhais, onde passara quatro meses, encontrara-o só, entregue aos vizinhos. A mãe, a Rosa, sua companheira de cinco anos, tinha-o abandonado na sua ausência, fugindo para Breves com um turco, negociante de "regatão". Informado de tudo, pensara em sair em perseguição da adúltera, e matá-la, e ao amante. O menino já estava, porém, com a maleita impiedosa, e como não tivesse quem dele tomasse conta, ficara ao seu lado, tratando-o na enfermidade com desvelos de mãe.

O dinheiro trazido do trabalho na castanha tinha-se-lhe ido, todo, nos remédios para o pequeno. Não podendo afastar-se dele para ir à pesca, ou a qualquer outro meio de vida, não tivera um níquel, sequer, na véspera, para comprar uma vela ou um pouco de querosene. E agora, dentro, no quarto, a candeia que lhe iluminava a agonia começava a esmorecer, como um símbolo mesmo daquela vida periclitante, e, em pouco, a Morte entraria, de certo, ali, arrebatando aquele pedaço do seu coração!

No seu pavor, adivinhando o rio e olhando o céu, o caboclo via, já, o seu filho estendendo os bracinhos mirrados, estertorando no escuro, e confundindo, de olhos entreabertos, as trevas passageiras da noite com as trevas eternas do túmulo. Duas vezes chegou à porta e duas vezes entrou, de novo, impelido por um triste pressentimento. Da última vez, encontrou, já, o quarto afogado em escuridão. A lamparina, sem querosene, apagara-se. Tateando nas paredes familiares, fora até à rede onde estava o doentinho apalpando-lhe o corpinho magro, quase um esqueleto, pondo toda a delicadeza nas mãos pesadas. O menino queimava, de febre. Um grunhido estertorante subia-lhe do peito ansiado. A respiração era agitada, pela boca escaldante, que, ao tato, verificara que estava aberta.

- João?... Joãozinho?... meu filho?... - chamou, adoçando a voz.

O mesmo grunhido angustiado, surdo, foi a resposta. O caboclo chegou-lhe a coberta remendada para o peito magro, beijou-o num grande carinho, e saiu, de novo. À porta, estacou, outra vez. Que fazer àquela hora, entre o esquecimento de Deus e o sono dos homens? Onde conseguir, em hora tão avançada, uma vela ou um pouco de azeite, com que alumiasse a agonia daquele inocente, se ninguém o atenderia noite tão alta, e não havia na casa, para bater a uma venda, a moeda mais miserável?

O primeiro galo cantara, longe, perto do rio. Outro respondera mais próximo. A quietude era tamanha que se lhes ouvia o bater pesado das asas. Menos numerosos, os sapos. se acomodavam.

A alma em desespero, o caboclo passeava os olhos pela mudez misteriosa das coisas, interrogando o céu e a noite sobre o destino do seu filho e o remédio do seu sofrimento, quando teve aquela idéia, que os demônios apiedados lhe sopraram. Reentrando no casebre, tomou da lamparina vazia, apalpou ainda uma vez o esqueleto ardente do filho, e desceu à rua, rumo do rio. Ao longe, um lampião, perdido na noite, chorava, triste, o seu pranto de claridade solitária. Encaminhou-se para ele. Ao chegar-lhe junto, mediu a altura do poste esguio, e, tomando nos dentes a lamparina de folha, começou a subi-lo. Ao alto, segurando-se com as pernas, retirou o bocal do candeeiro, e principiava a passar para a sua candeia algumas gotas de querosene, quando ouviu um grito, a dois passos.

- Ladrão!... - bradaram.

Era o fiscal, o rondante da iluminação. Atirando-se do poste, o caboclo confessou o seu crime, e pediu misericórdia.

- É para o meu filho!... - gemeu.

- Marche! Vamos!... foi a resposta do guarda, que, impelindo-o para a frente com um repelão, se mostrou inexorável.

- Eu vou, - replicou o desgraçado; - mas pelo amor de Deus, deixe-me ir em casa primeiro, acender a lamparina junto ao meu filho!... Deixe!... tenha piedade!...

- Marche!... - bradou-lhe, imperioso, com outro safanão, o homem da ronda.

Cabeça baixa, o desespero na alma, com uma vontade doida de romper em soluços, o caboclo pôs-se a caminho da cadeia, custodiado pelo guarda. A situação em que fora preso, amesquinhava-o, enfraquecia-o, acovardava-o. Sentia vergonha e raiva, arrependimento e indignação.

Pela cidade adormecida os galos amiudavam. Os sapos calavam-se. As estrelas, piscavam menos. Uma brisa fresca, embalando os ramos, trazia o cheiro da floresta... A chave da cadeia estalou, seca, na fechadura, e rolou, lá dentro, um corpo, impelido por um empurrão.

Já ao entardecer, quase noite, soltaram-no, de ordem do delegado. O caboclo correu à casa, para ver o seu filho.

Pelo punho da rede, tomando conta do cadáver, e entrando-lhe pela boca, pelo nariz, pelos ouvidos, desciam em fileira, em longos rosários fervilhantes, as primeiras formigas...

www.ingramcontent.com/pod-product-compliance
Ingram Content Group UK Ltd.
Pitfield, Milton Keynes, MK11 3LW, UK
UKHW021939190726
13853UKWH00004B/1539